COLLECTION FOLIO

Catherine Cusset

En toute innocence

Gallimard

Catherine Cusset est née à Paris en 1963 et vit à New York. Elle a publié six romans dont *À vous, Jouir, Le problème avec Jane* et *La haine de la famille.* Elle a reçu le Grand Prix littéraire des lectrices de *Elle* 2000 pour *Le problème avec Jane.*

pour Vlad,

et en mémoire de
Suzanne et de Thomas

C'est vrai qu'au début je ne me suis pas rendu compte que c'était si grave, ça n'avait pas duré plus de deux secondes et dès que j'avais crié aïe ça s'était arrêté. Quand je me suis retournée et que j'ai vu Didier tout rouge j'ai compris quand même qu'il avait fait quelque chose de pas normal, même une grosse bêtise comme moi quand je piquais David bébé avec une aiguille, David se mettait à hurler, maman accourait qu'est-ce qu'il y a mon amour mon amour ? et moi qui m'étais éloignée trois secondes avant je me précipitais je faisais semblant d'être très inquiète je le couvrais de baisers, j'étais vraiment émue j'avais si peur que maman découvre ce que j'avais fait, heureusement David ne pouvait pas parler d'ailleurs il n'avait pas compris que je lui faisais mal il voyait seulement que je le consolais il était bête comme un bébé Cadum. C'était excitant mais pas autant que de voler du chocolat à Prisunic en sortant du lycée quand j'étais en sixième et des crayons et aussi des jouets pour David en tremblant de me faire arrêter. Le soir où je suis rentrée à la maison et où j'ai entendu maman m'appeler d'une voix triste grave j'ai su qu'on m'avait dénoncée avant même qu'elle me dise Marie comment peux-tu faire ça, comment peux-tu me faire ça à moi ta mère qui suis juge, j'aurais préféré qu'elle me fouette ça m'aurait fait moins mal que sa voix douloureuse. Didier je ne voulais pas le dénoncer en plus ça m'aurait gênée de raconter ce qui s'était passé, et si je ne m'étais pas disputée avec Anne ce soir-là personne n'aurait rien su. Anne était furieuse, j'étais rentrée plus tôt que prévu elle n'avait pas eu le temps de passer son coup de fil à son petit copain à Marseille et elle ne pouvait pas téléphoner devant moi papa lui avait interdit elle avait peur que je lui fasse du chantage, elle croyait même que j'étais rentrée exprès pour la surveiller elle me détestait je faisais tout pour la faire enrager. Elle m'a menacée de dire à maman que je ne restais pas jusqu'au bout de la séance et que peut-être même je n'y allais pas du tout et je ne sais pas comment mais de fil en aiguille je lui ai tout raconté ou plutôt je l'ai crié et j'étais assez fière de pouvoir l'étonner elle qui prenait toujours l'air méprisant dès que j'ouvrais la bouche, et si j'étais rentrée c'était parce que j'avais mal au derrière et je voulais pouvoir aller aux cabinets tranquillement. J'ai réussi mon coup Anne était stupéfaite, elle à seize ans rien de pareil ne lui était arrivé seulement quelques baisers rien d'autre il faut dire qu'Anne elle est beaucoup moins féminine que moi, elle a un long corps qui ressemble à une perche et pas de seins du tout pas de fesses et même si je l'envie papa dit les hommes préfèrent les formes et Didier dit que mes seins à moi seront fermes et superbes si seulement je demande à maman dès maintenant de m'acheter un soutien-gorge, Anne à seize ans c'était un vrai garçon manqué elle n'avait pas encore ses règles d'ailleurs elle ne les a jamais eues c'est pour ça qu'on a été si surpris et elle aussi quand elle a été enceinte à vingt ans. Elle s'est arrêtée de crier elle a dit Marie tu plaisantes tu inventes tu ne te rends pas compte de ce que tu dis, ça m'énervait qu'elle me mette en doute alors j'ai donné des détails, j'ai raconté les gifles ça montrait bien que Didier se sentait coupable elle m'a crue elle était horrifiée, c'est elle qui a appelé maman au tribunal et c'est comme ça que tout a commencé.

Pendant des semaines et des mois j'ai vu des psychologues des docteurs des juges et des avocats, Didier on l'avait arrêté il s'était effondré il avait tout avoué. Vingt fois trente fois j'ai dû raconter la même histoire et donner tous les détails à la fin je ne savais même plus si ça s'était vraiment passé, mais par contre ce que je n'ai pas dit c'est qu'un jour j'avais demandé à Didier de m'apprendre à « rouler un palot » pour être bien préparée le jour où je sortirais avec un garçon. Je n'ai pas dit que quand il me massait le dos pour redresser ma vertèbre tordue ses mains glissaient des deux côtés sous mes bras et que moi j'écartais les bras un tout petit peu pour lui laisser de la place, et que je les attendais ces mains le lundi et le mercredi et toute la semaine sur mon dos sur mes reins et surtout sur mes seins même si parfois elles me faisaient mal quand il massait ma mauvaise vertèbre et même si je criais quand il utilisait la crème froide. Je n'ai pas dit que Didier me racontait sa vie et qu'il me demandait conseil, qu'il s'étonnait de ma lucidité de mon intuition de ma compréhension des « relations conjugales » et que ça m'amusait de le voir stupéfait, et que même s'il avait trente-cinq ans de plus que moi j'avais l'impression que c'était lui le petit garçon de douze ans et moi la masseuse qui rectifiait les torsions de son âme. Il me disait Marie laisse tes bouquins va t'amuser avec des garçons de ton âge, il me disait Marie n'oublie pas de vivre, je trouvais ça cliché on voyait bien que Didier n'avait pas l'habitude des intellectuels, il me prédisait beaucoup de souffrance pour la première fois où je serais amoureuse, je savais trop de choses et ça ne m'empêcherait pas d'être soumise à la loi commune, la loi de l'amour il disait, et moi ça me faisait rire je me croyais hors d'atteinte j'avais douze ans et demi les mains de Didier étaient larges et chaudes elles m'apprenaient plus que ses prédictions d'astrologue.

Pendant longtemps j'ai pleuré le lundi et le mercredi à l'heure de mon rendez-vous avec lui, je me rappelais ses mains son sourire et l'expression qu'il disait toujours quand j'arrivais « ça gaze ? poil au gaz » et ses louanges de ma peau fraîche qui le ressuscitait il disait après les heures passées à palper les mémés riches à chienchien de Neuilly qui toutes mouraient d'envie de le séduire, mais les juges les psychologues et les avocats ils m'ont dit que c'était normal si j'étais triste et que c'était pour ça que les violeurs d'enfants n'étaient jamais jugés, parce que les enfants avaient peur d'accuser des adultes et qu'ils se sentaient coupables surtout quand ils les aimaient. Au début je ne savais pas mais après toutes les séances avec les psychologues les avocats les juges et les docteurs j'ai compris, le viol c'est la négation de la personne humaine, violer ou tuer un enfant c'est pareil, et même si Didier m'avait demandé la permission même si j'avais dit oui ç'aurait été un viol parce que j'étais trop petite pour décider pour moi et que j'étais soumise à son autorité. L'expert psychiatre a écrit dans son rapport que j'étais normale saine et structurée je n'avais aucun trouble du comportement je me développais bien mais quand même il fallait me suivre un traumatisme si grave on ne pouvait pas en mesurer les conséquences peut-être que j'allais devenir folle et que toute ma vie j'aurais peur des hommes.

C'était surtout du procès que j'avais peur mais en même temps c'était excitant, je ne voulais pas décevoir papa et maman ni le Président ni les jurés qu'ils ne se soient pas déplacés pour rien et ce n'était pas facile deux ans après d'avoir encore l'air d'une victime traumatisée. Heureusement j'aime beaucoup faire du théâtre même si je suis timide, d'ailleurs avec Didier on jouait souvent la comédie, j'inventais des histoires je lui donnais un rôle, moi j'étais la comtesse impérieuse et difficile et lui le serviteur humble et amoureux qui devait faire tout ce que j'ordonnais. Au lieu des jeans moulants déchirés et des grandes chemises sans col que je portais tout le temps maman m'avait choisi pour le jour du procès un chemisier blanc avec un col rond où il y avait deux cerises brodées un gilet rouge et un kilt écossais, dans cette tenue j'avais l'air d'une petite fille gentille et sage même si j'avais quatorze ans et demi et pas douze le jour du procès. Didier aussi il s'était habillé pour la circonstance, il n'avait pas mis le jean et le polo gris qu'il portait toujours sous sa blouse mais un costume vert foncé à veste croisée qui mettait en valeur ses épaules une chemise blanche à rayures vertes espacées et une cravate raffinée vert clair avec des losanges roses, il s'était déguisé en gentleman distingué incapable de violer une petite fille. Il avait du style Didier même encadré de quatre policiers c'était vraiment un bel homme mais il avait l'air beaucoup plus vieux qu'avant avec ses cheveux frisés déjà gris sur les tempes les cernes sous ses yeux et les rides sur le front beaucoup plus marquées.

On m'avait tellement préparée au choc quand je reverrais Didier dans la salle d'audience que finalement ça ne m'a presque rien fait mais par contre ce qui m'a impressionnée c'est la voix de stentor du greffier, « La cour ! » il a crié en trébuchant sur le mot « cour » comme sur un caillou on a sursauté puis on s'est tous levés, le Président en robe rouge est entré suivi de ses deux assesseurs « Vous pouvez vous asseoir » il a dit magnanime comme Saint Louis sous son chêne, mon cœur s'est mis à battre très fort je me suis sentie dans la peau d'une petite fille fragile soumise à l'autorité.

C'était avec Didier que je jouais, c'était contre Didier depuis qu'il avait rétracté ses aveux, des aveux extorqués par la violence il avait dit, il m'avait accusée d'affabulation, d'ailleurs on n'avait pas de preuve puisqu'on n'avait pas retrouvé de sperme et les accusations d'une gamine de douze ans ne pouvaient pas convaincre des adultes raisonnables. Le Président on voyait bien qu'il était convaincu de la culpabilité de Didier et qu'il avait horreur des violeurs d'enfants il lui posait des questions sur un ton sarcastique, il se tournait vers nous pendant que Didier répondait et il nous souriait, et quand Didier disait qu'il n'avait pas entendu la question le Président s'énervait, il la reposait d'un ton cassant presque exaspéré avec l'air de penser mais qu'est-ce que c'est que cet imbécile il devrait se nettoyer les oreilles avec un coton-tige. Didier parlait d'une voix humble en s'adressant à « Monsieur le Président » mais quand il a commencé à m'accuser en disant qu'on ne pouvait pas croire les enfants et que j'étais une menteuse, le Président m'a regardée d'un air affectueux on voyait qu'il avait envie de siffler un acteur si minable. Quand l'expert psychiatre est venu témoigner que je n'avais aucun penchant à la mythomanie quand l'expert médical est venu décrire la fissure anale compatible avec l'introduction forcée d'un pénis dans l'anus et qu'il a déclaré qu'une fissure comme ça c'était très rare chez les enfants quand la directrice de mon lycée est venue dire au nom de tous mes professeurs que j'étais une excellente élève honnête et sérieuse si gentille et si pure une adorable petite fille on a su qu'il avait déjà perdu la partie Didier, la conviction des jurés était faite il était un monstre pervers qui avait sodomisé un ange et qui pour sa défense osait calomnier sa petite victime.

Mais il s'est battu Didier j'étais une petite vicieuse il a dit, ce n'était pas étonnant puisque j'avais accès aux revues pornos de mon père et que je voyais mes parents nus à la maison, j'étais une petite voleuse à qui ses parents ne donnaient pas assez d'argent de poche et pas de bons goûters et qui volait le chocolat au supermarché, il avait toujours du chocolat en réserve pour m'éviter de voler du chocolat Lindt praliné c'était mon chocolat préféré. Et s'il se trouvait maintenant sur les bancs de la cour d'assises c'était à cause de ma mère il a dit, c'était une femme tyrannique qui méprisait les hommes ma mère, et qui répétait devant nous ses filles que notre père n'était qu'un idiot, d'ailleurs il avait une maîtresse mon père, c'était moi qui l'avais raconté, j'en savais des choses à douze ans et demi, les enfants sont bien moins innocents qu'on le croit Monsieur le Président, même quand ils ont des cheveux blonds et des yeux bleus. Le Président affichait toujours son sourire sarcastique mais moi j'étais de plus en plus en colère, je rougissais jusqu'au bout des oreilles, il était devenu mon ennemi Didier, mon ennemi le plus intime, comme si ça ne lui suffisait pas de mentir et de me traiter de menteuse il fallait en plus qu'il détourne toutes mes confidences c'était à vomir de lâcheté. Papa et maman avaient l'air nerveux, moi leur petite Marie j'en racontais de jolies dans leur dos et à n'importe qui un kiné un salaud un violeur d'enfant sinon comment Didier aurait pu savoir pour les revues pornos les goûters sans chocolat les mots de maman et la maîtresse de papa.

C'était mon tour ensuite le Président a demandé le huis clos l'huissier a baissé le micro, c'est dommage qu'on ne m'ait pas enregistrée je voulais que papa et maman soient fiers de moi j'étais en colère ça m'a rendue sublime. J'ai tout raconté sur un ton tranquille naturel et avec beaucoup d'émotion comment Didier m'avait fait le massage il m'avait baissé ma culotte comme il faisait parfois pour masser la colonne vertébrale jusqu'au bout et j'avais senti quelque chose comme s'il m'avait rentré un thermomètre, et ensuite quelque chose d'autre qui m'avait fait très mal, j'avais crié et je m'étais retournée j'avais vu son sexe sorti et tout rouge qu'il était déjà en train de rentrer tout de suite j'avais baissé les yeux. Il avait ri d'un drôle de rire et m'avait fait faire un autre exercice aux barres, et quand il était allé répondre au téléphone je m'étais rhabillée, mais il m'avait barré la porte pour sortir, il m'avait dit Marie je ne sais pas ce qui m'a pris j'ai eu une seconde de folie je t'en supplie ne dis rien à ta mère sinon ma vie est fichue, si tu veux tu peux me punir vas-y donne-moi des baffes autant que tu veux, il s'était baissé et moi je l'avais giflé deux ou trois fois. Puis j'étais rentrée à la maison, j'étais allée aux cabinets, et avant de tirer la chasse d'eau j'avais vu que j'avais fait quelque chose de marron et mousseux.

J'ai même réussi à dire la dernière phrase sans rire alors que j'avais eu très peur d'éclater d'un rire nerveux quand j'avais répété à la maison, et quand je me suis tue il y avait un silence dans la salle comme à l'église le dimanche pendant l'eucharistie. Tous les jurés me regardaient ils avaient tous l'air de penser ma chère petite ma pauvre petite et d'avoir envie de me consoler, mais c'est devenu encore mieux le moment d'après quand notre avocate a fait circuler les photos prises quand j'avais douze ans et demi, on me voyait entre papa et maman et j'avais l'air si petite si fragile si blonde si innocente et si douce que de voir ces photos juste après mon récit en huis clos, ça donnait envie à tous les jurés de casser la gueule au violeur de petite fille au salaud au monstre à l'ordure. Il avait l'affront d'accuser sa victime d'insinuer qu'elle s'était rentré quelque chose dans le derrière alors que la vérité parlait avec une évidence si limpide par la bouche de la petite fille qu'il avait sodomisée. Un frisson parcourait les épaules des jurés on voyait le dégoût sur leur visage, papa et maman étaient fiers et plus du tout nerveux et maman m'a pris la main comme pour me rassurer et me protéger contre les vilains de ce monde ça c'était un geste très réussi tous les jurés l'ont remarqué, face à nous Didier ne faisait pas le poids.

Madame l'avocat général n'avait l'air de rien avec sa petite taille son chignon d'institutrice son nez recourbé de hibou et sa voix à peine audible, à chaque fois que le Président se tournait vers elle des questions Madame l'avocat général ? elle répondait non Monsieur le Président, elle jouait à peine un rôle de figurante elle était drôlement ennuyeuse, mais quand elle a commencé à parler j'ai compris pourquoi, elle réservait ses forces pour son réquisitoire, c'était un morceau de maître son réquisitoire, on ne pouvait pas faire mieux elle a dit tout ce qu'on pouvait dire pour accabler Didier. C'était un viol, commis non par violence peut-être, mais par contrainte et par surprise, et la loi avait prévu ces cas, au même titre que les viols par violence. C'était une sodomie, propre à pervertir une enfant qui n'était pas encore éveillée à la sexualité. Et qui avait commis ce crime ? Un kinésithérapeute, un médecin pour ainsi dire, auquel une mère avait confié le corps de son enfant. Il avait abusé de l'enfant, et abusé de la confiance de la mère, une confiance sur laquelle reposait toute la société : que deviendrait la société, quand les parents ne pourraient plus confier les enfants aux instituteurs et aux médecins ? L'acte était affreux, et l'on pouvait dire que c'était une seconde d'égarement, une seconde dans la vie d'un homme de quarante-sept ans, une vie tout à fait honorable jusque-là. Mais cet homme était éduqué, il était instruit, il était intelligent, c'était un homme qui avait appris, par son éducation, à maîtriser ses pulsions : son éducation même rendait son acte inexcusable. L'expert psychiatre avait dit qu'il était parfaitement responsable de ses actes, il ne l'avait donc pas commis sous l'effet d'une pulsion momentanée, mais volontairement. Il l'avait commis en toute conscience, et il le réitérait aujourd'hui même, en niant, parce qu'il fallait bien comprendre que le déni revenait à commettre le viol une seconde fois, le viol, oui, non plus sur le corps mais sur l'esprit de l'enfant. Pourquoi niait-il ? Et là, les mains de l'avocat général voltigeaient dans les airs, son doigt se dressait vers le plafond, et les yeux des jurés suivaient ce doigt avec fascination comme dans une séance d'hypnotisme, et moi je la trouvais vraiment bonne, elle n'avait pas besoin de parler fort il y avait un silence de mort dans la salle, on avait tous les oreilles tout ouvertes pour capter chacune de ses syllabes, on avait tous envie de savoir : pourquoi niait-il, après avoir avoué trois fois spontanément, une fois dans son cabinet, une autre en garde à vue, la troisième devant le juge d'instruction ? Il y avait là quelque chose que personne ne pouvait comprendre, et qui gênait. Madame l'avocat général avait deux explications : la première, c'était qu'il était peut-être sincère Damato, peut-être qu'il était convaincu de ne pas l'avoir fait, peut-être qu'il s'était réveillé un matin avec la certitude que ça n'était pas arrivé, et pourquoi, Messieurs et Mesdames les jurés ? mais parce qu'il avait honte, parce qu'il ne pouvait pas supporter cette souillure qui ne correspondait à rien d'autre dans sa vie, parce qu'il n'avait même pas le courage d'assumer son acte en son âme et conscience, justement parce que c'était un acte si horrible. L'autre raison c'était sa vie épouvantable en prison, les violeurs d'enfants y étaient maltraités insultés tabassés par les autres détenus et les gardiens ne s'y opposaient pas, et peut-être que ça semblait affreux mais il fallait comprendre ce que ça voulait dire, les violeurs d'enfants c'étaient les exclus dans un monde d'exclus, il y avait un nom spécial pour eux dans l'argot des prisons c'étaient les pointeurs qu'on les appelait, même les criminels et les malfrats les rejetaient, et pourquoi donc Messieurs et Mesdames les jurés ? mais évidemment parce que c'était le crime le plus atroce qui soit, le plus pervers, le plus cruel, le plus infâme, le plus lâche et le plus ignominieux. Les violeurs d'enfants c'étaient des déchets que la société devait vomir surtout quand ils étaient comme l'accusé, trop lâche pour reconnaître son crime devant la société et en son âme et conscience, quand, face à lui, se dressait une petite fille courageuse qui, pendant deux ans, dans la période critique de l'adolescence, avait su assumer tout le poids de son accusation. Cette petite fille, après un tel crime, elle aurait pu devenir folle, psychotique ou schizophrénique Messieurs et Mesdames les jurés, et moi j'étais normale je ne subissais pas de conséquences traumatiques mais ça Monsieur Damato ne pouvait pas le savoir quand il avait pris son pied ce n'était pas à moi qu'il pensait. Elle s'est tournée vers moi alors et c'était du grandiose qu'elle jouait, elle m'a dit laisse-moi te féliciter Marie pour ton courage si rare, tu as vu des psychiatres des médecins mais moi je te le dis, Marie, tu seras parfaitement normale, nous t'avons tous vue dans cette salle et nous savons que tu es une petite fille extrêmement courageuse, calme et contrôlée, tu as entendu un criminel dire des choses horribles sur toi sur tes parents tu dois tout oublier maintenant Marie, dehors l'avenir t'attend, et quand elle avait entamé sa conclusion en réclamant quinze ans de réclusion criminelle, quinze ans seulement Messieurs et Mesdames les jurés parce qu'il faut quand même prendre en compte la vie jusque-là honorable de cet homme et son casier judiciaire vierge, ces quinze ans n'avaient l'air de rien du tout on lui aurait accordé beaucoup plus pour le plaisir de l'entendre encore déclamer.

L'avocat de Didier par contre il jouait un rôle nul et complètement invraisemblable, ce n'était pas sa faute et ce n'était pas parce qu'il avait quatre-vingt-trois ans de toute façon Didier avait eu du mal à trouver quelqu'un pour défendre son innocence c'était une cause impossible. Il a repris point par point la thèse de Didier il a parlé des aveux extorqués en garde à vue, il n'y a jamais de passages à tabac en garde à vue il n'y a que des suicides bien sûr il a dit, et son ironie n'a pas fait bon effet on savait que Didier avait répété ses premiers aveux au bout d'une heure seulement de garde à vue, il a parlé d'un « Lagarde et Michard » de l'instruction judiciaire par là il voulait dire une instruction taillée sur mesure parce que maman était juge mais c'était si subtil comme allusion que personne n'a compris même pas moi maman a dû m'expliquer le soir à la maison, il a parlé de Rousseau, on voyait que c'était un avocat cultivé un avocat de la vieille garde comme on dit, mais ça ne servait pas la cause de Didier parce que c'était trop intellectuel pour les jurés fatigués qui ne voyaient pas le rapport entre moi et Rousseau enfant qui avait volé un ruban dans la maison où il servait et qui avait accusé pour se défendre une petite servante qui ne lui avait rien fait, dont le nom lui était venu à l'esprit seulement parce qu'il était amoureux d'elle, et qui avait été chassée à cause de ce mensonge. Et quand il est revenu aux enfants qui mentent aux enfants à qui on ne peut pas faire confiance ces enfants qui ont des visages d'anges et qui vous racontent une anecdote qui s'est passée en classe aujourd'hui alors qu'ils sont allés faire l'école buissonnière, même s'il avait l'air d'un bon grand-père avec ses cheveux tout blancs son dos voûté et sa canne et même si on se serait cru dans un film de Truffaut en noir et blanc, quand même on voyait bien que les jurés en avaient assez d'entendre toujours la même chanson, celle du mensonge des enfants violés.

La délibération n'a pas duré longtemps à peine trente-cinq minutes les jurés sont revenus ils ont répondu oui à la question l'accusé est-il coupable d'avoir commis un viol par violence, surprise ou contrainte ils ont répondu oui à la question le fait a-t-il été commis sur un mineur de moins de quinze ans ils ont répondu non à la question existe-t-il des circonstances atténuantes en faveur de l'accusé et ils ont dit leur sentence, dix-huit ans de réclusion criminelle encore plus que ce que Madame l'avocat tête de chouette avait demandé dans la salle tout le monde a fait oh, le Président a souri il a réclamé le calme on voyait qu'il était bien content les avocats des associations pour la protection des enfants aussi étaient satisfaits papa et maman m'ont embrassée j'avais vraiment bien joué échec et mat pour Didier.

Six mois plus tard papa et maman m'ont prise à part un samedi après-midi l'après-midi pas le soir pour que je ne fasse pas de cauchemar, ils m'ont fait m'asseoir dans le salon en face d'eux papa m'a pris la main maman m'a regardée d'un air grave ça m'a fait peur papa m'a dit Marie ta mère et moi on a quelque chose à te dire, ça y est ils divorcent j'ai pensé et mon cœur s'est mis à battre très vite, papa a continué en me pressant la main on a hésité à te le dire mais tu es forte et c'est ton histoire on a estimé qu'on te devait la vérité voilà Didier est mort il s'est suicidé pendu dans sa prison, j'ai éclaté en sanglots tu vois maman a dit il ne fallait pas le lui dire j'en étais sûre, mais c'est toi-même papa a rétorqué toi qui as dit qu'elle était assez mûre et qu'on lui devait la vérité, mais non maman a répondu j'ai toujours pensé qu'il fallait attendre que c'était trop proche comment peut-elle comprendre qu'elle n'y est pour rien c'est sûr qu'elle va culpabiliser maintenant tu as gâché l'effet de deux ans de soins, ce n'est pas ma faute papa a hurlé je n'y suis pour rien tu n'avais qu'à lui parler toi-même c'est toujours à moi que tu laisses les tâches ingrates rappelle-toi c'est toi qui as dit qu'on lui devait la vérité, cesse de hurler maman a crié c'est infernal tu ne peux pas parler sans percer nos tympans tu vas la traumatiser, moi je me suis enfuie je me suis enfermée dans ma chambre je me suis bouché les oreilles j'ai continué à pleurer à sangloter c'était insupportable j'avais envie de mourir. C'était la première fois que j'entendais dire que quelqu'un que je connaissais était mort ça m'a fait un choc bien sûr, pendant quelques jours j'étais triste papa et maman étaient très gentils avec moi ils me parlaient très doucement, papa s'est même excusé d'avoir crié maman m'a donné cinquante francs en plus de mon argent de poche, de toute façon Didier je ne devais plus le revoir et ce n'était pas ma faute s'il était trop faible pour assumer sa peine, moi aussi je souffrais et pourtant je ne me suicidais pas moi, j'avais quinze ans je venais de rentrer de vacances et j'étais amoureuse.

J'avais rencontré Jean en vacances en Bretagne, Jean était si beau il avait dix-neuf ans c'était impossible qu'il s'intéresse à moi, il passait ses vacances dans la belle villa du bord de mer, tout l'été je l'avais guetté sans me faire remarquer, je me postais derrière le mur de son jardin je le regardais sortir la planche à voile sur l'épaule, j'empruntais ses jumelles à papa j'ai passé des heures à le regarder sur la mer debout face à sa voile, le soir j'allais au bar où tous les jeunes se retrouvaient pour boire parler jouer au billard, et je le regardais jouer, puis un soir c'était le dernier soir Jean partait le lendemain j'observais ses mains sur la canne de billard ses coups nets et précis j'étais fière quand il a gagné, d'un coup de tête il a rejeté en arrière les mèches brunes sur son front j'ai envie d'une glace il a dit qui vient au port avec moi ? et j'ai dit aussitôt moi, moi j'ai envie d'une glace, et par une chance inouïe personne d'autre n'a voulu venir, on a marché ensemble sur la route le long de la mer Jean parlait des étoiles dans le ciel en termes très précis et moi je l'écoutais, je ne disais rien j'avais tellement peur de dire une bêtise et qu'il s'aperçoive que j'avais quinze ans, Jean m'a payé ma glace on est allés la manger sur les rochers d'une petite crique, on entendait seulement le bruit des vagues qui éclataient contre la digue et de nos dents qui croquaient le cornet de gaufre, on y va il a dit, il s'est levé il m'a tendu la main c'était déjà fini moi j'aurais pu rester là toute la nuit, sans prendre sa main je me suis redressée et puis je l'ai suivi. Le lendemain matin la voix de ma sœur m'a réveillée, elle criait espèce de conne tu me le paieras j'ai tout de suite compris de quoi elle voulait parler c'était son blouson de mer, je l'avais emprunté la veille je n'avais pas de blouson de mer et tout le monde en portait cet été-là de ces vestes de marins en toile kaki fourrées pour protéger du vent pas seulement les marins mais aussi les jeunes qui jouaient le soir au billard et toutes les filles branchées à qui Jean adressait la parole.

On était rentrés du port en passant par la plage, Jean ne parlait plus des étoiles je n'osais pas troubler le silence, et soudain sur la plage j'avais joué à le bousculer c'était ma dernière chance, il avait résisté, on avait lutté jusqu'à ce qu'on tombe ensemble sur le sable, et là on avait commencé à s'embrasser, à se caresser et à s'embrasser, elle pouvait toujours crier ma sœur, je ne regretterais jamais d'avoir emprunté son blouson de mer sur lequel on s'était ensuite allongés pour se protéger du sable humide et froid, c'était à cause du blouson bien sûr que Jean m'avait remarquée ce soir-là. Ses mains avaient glissé sous mon gros pull marin elles étaient chaudes ses mains elles avaient remonté sur mes hanches, elles étaient habiles ses mains on voyait qu'il avait de l'expérience elles avaient dégrafé mon soutien-gorge en un petit coup sec tout mon corps tremblait ce n'était pas de froid, elles étaient douces ses mains en caressant mes seins personne depuis Didier n'avait touché mes seins, de me rappeler ses mains ce matin-là dans mon lit ça m'a fait sourire de bonheur de jouissance et Anne a dû voir le sourire sur mes lèvres elle s'est arrêtée de crier, t'es sortie avec lui ? elle a demandé complice et curieuse et mon sourire a répondu pour moi, et elle a repris d'un ton plus doux mais encore grande sœur elle ne pouvait quand même pas me pardonner si vite tu me nettoieras mon blouson, il y a du sable partout, dans les poches dans la doublure, je ne sais pas ce que vous avez fait c'est vraiment dégoûtant. Jusqu'à quatre heures du matin. On n'avait pas vu le temps passer, comment avait-on pu rester jusqu'à quatre heures sur la plage alors qu'il faisait si froid à se caresser à s'embrasser il fallait s'aimer, puis Jean m'avait raccompagnée jusqu'à la maison et m'avait aidée à rentrer par la fenêtre et il était allé se coucher chez lui, dans la belle villa du bord de mer, il partait le lendemain à une nuit près on se serait ratés.

Pendant des jours et des nuits j'ai rêvé de cette nuit, je pensais à Jean tout le temps sur la plage je ramassais des coquillages pour lui des galets que je peignais aux couleurs du drapeau breton pour lui servir de presse-papiers, je suis rentrée à Paris j'allais bientôt le revoir j'étais folle de joie. Quand j'ai reçu l'enveloppe blanche avec le timbre postal de Saint-Raphaël j'ai tremblé de bonheur en déchirant l'enveloppe, dedans il y avait une carte postale représentant la plage de Saint-Raphaël un après-midi d'été pleine de filles aux seins nus toutes bronzées sous des parasols de couleurs, chère Marie il fait très beau à Saint-Raphaël il y a juste assez de vent pour la planche à voile je n'ai guère envie de rentrer à Paris il le faut pourtant je pense à toi et je t'embrasse, sa petite écriture régulière aux lettres séparées remplissait seulement la moitié de la carte il aurait pu l'envoyer sans enveloppe, il avait écrit chère Marie il aurait pu écrire chère Isabelle ou chère Sylvie c'était évident il ne se rappelait plus qui j'étais.

J'ai pleuré toute la journée et les jours qui ont suivi et j'ai fini par écrire une lettre, ce n'était pas une lettre c'était un cri je savais que c'était fini mais ça m'était bien égal, j'ai écrit je te méprise je te hais je te souhaite de souffrir tout ce que tu me fais souffrir mais tu n'en es même pas capable, et quatre jours plus tard il y avait une autre enveloppe pour moi, j'ai tout de suite reconnu l'écriture, dedans il y avait une feuille blanche pliée en quatre, je l'ai dépliée en tremblant il y avait écrit pardon, pardon, je suis un pauvre con et je t'aime, je t'aime était souligné quatre fois, j'ai pleuré de joie j'ai approché la lettre de mes lèvres j'ai baisé son nom sur le papier.

Jean habitait dans une petite chambre de bonne à Paris près du Panthéon avec une vue sur le Val-de-Grâce et les toits gris où on entendait les pigeons roucouler, j'étais fière quand je grimpais les sept étages et que je frappais à la porte de sa chambre. Quand je lui rendais visite je ne devais pas rester longtemps c'était la règle il devait travailler il préparait le concours de l'école Polytechnique, moi j'étais en première au lycée à Levallois je n'avais rien d'autre à faire que de penser à lui et de me préparer pour lui, avant chaque rencontre je prenais de longs bains, je m'enduisais de lait corporel Giorgio que je prenais en cachette dans la salle de bains de maman, j'épilais soigneusement mes jambes et mes aisselles avec la crème Vichy, je me lavais les cheveux, je me faisais un brushing, je passais un temps infini à choisir mes habits. Mais quand il proposait de s'allonger sur son petit lit en fer ou sur le parquet de la petite chambre je disais attends je ne te connais pas je veux parler avec toi, je n'arrêtais pas de lui demander à quoi tu penses ? il répondait à rien je disais ce n'est pas possible de ne penser à rien ou alors tu es stupide, il soupirait il disait quand on fait des maths toute la journée on devient stupide alors pourquoi tu fais des maths toute la journée je demandais pourquoi tu te laisses abrutir ? il répondait j'ai mon concours à préparer c'est pas une raison je disais, il m'appelait une idéaliste il me faisait taire en m'embrassant je dévorais sa langue ses lèvres passionnément, mais dès qu'il reprenait son souffle je recommençais Jean à quoi tu penses quelle est la pensée qui te traverse l'esprit là maintenant tout de suite il doit forcément y en avoir une on a toujours une pensée dans la tête réponds pourquoi tu ne dis rien ? Certainement s'il m'avait déshabillée complètement s'il m'avait fait l'amour je ne lui aurais pas demandé sans cesse à quoi il pensait, et il n'avait envie que de ça, me faire l'amour et moi aussi, j'en tremblais d'envie dès qu'il me touchait, je l'aimais comme je n'avais jamais aimé personne j'aurais pu rester des heures des jours des siècles sur le plancher de sa chambre serrée contre lui, mais je ne le laissais pas continuer, ce n'était pas pour rien que maman était si fière de moi une intellectuelle ça ne pouvait pas se laisser faire comme un corps sans tête j'avais si peur d'aimer quelqu'un de bête. Un jour sur un banc du jardin du Luxembourg devant la fontaine Médicis au lieu de se moquer de moi de ma métaphysique de Prisunic il disait, il m'a confessé qu'il s'était construit une façade pour répondre à l'attente des autres, et maintenant il n'y avait plus rien d'autre derrière la façade, plus rien qu'un grand vide et c'était grâce à moi qu'il s'en était rendu compte, mes questions avaient fissuré sa façade il avait peur il me demandait de l'aider il pleurait, c'était bizarre de le voir pleurer je n'avais jamais vu d'homme pleurer c'était plus obscène que de le voir nu d'ailleurs Jean je ne l'ai jamais vu nu. Je suis rentrée chez moi contente il m'avait parlé et pour la première fois il y avait eu un vrai dialogue entre nous, il n'était pas tout à fait creux puisqu'il savait qu'il l'était c'était un début de vérité, si on continuait à creuser on finirait par abattre la façade et derrière grâce à moi on trouverait le vrai Jean je pouvais être fière. Trois jours plus tard j'ai reçu une lettre c'était fini il disait au moins jusqu'aux prochaines grandes vacances, il m'aimait mais il n'avait pas de temps pour l'amour il devait préparer son concours. Je lui ai téléphoné cent fois il filtrait les appels il n'a jamais répondu aux messages que j'ai laissés sur son répondeur. Cet été-là en Bretagne un soir ma sœur m'a dit j'ai vu Jean aujourd'hui sur le port il m'a demandé ce que tu devenais, aussitôt j'ai couru au night-club où j'étais sûre de le trouver, il était là oui, aussi beau aussi grand que l'été précédent avec ses mèches brunes qui retombaient sur son visage, il dansait le slow avec une fille et c'est quand il a croisé mon regard qu'il l'a embrassée.

Quand j'avais seize ans j'ai rencontré Bruno à une surprise-party. Dès le lendemain Bruno m'a téléphoné et il a traversé tout Paris depuis Vincennes où il habitait pour venir me voir chez moi à Levallois, Jean ne l'avait jamais fait il n'avait pas le temps c'était toujours moi qui me déplaçais. La veille pendant la fête comme j'étais un peu ivre je lui avais dit qu'il me faisait penser à mon petit frère et maintenant Bruno était venu me rendre visite et il me harcelait de questions il voulait absolument savoir ce que j'avais voulu dire, et moi j'étais incapable d'expliquer, maintenant que je n'étais plus ivre je trouvais qu'il n'y avait aucun rapport entre lui et mon petit frère David qui avait seulement sept ans, David c'était la raison de vivre de ma mère parce qu'elle avait toujours voulu un garçon et si elle n'avait pas montré sa déception quand on lui avait dit que j'étais une fille c'est parce que sa mère lui avait dit, ma pauvre Françoise c'est encore une fille, et maman avait décidé aussitôt par esprit de contradiction que c'était tant mieux si j'étais une fille parce que je deviendrais un grand écrivain et qu'un jour elle m'entendrait lui dire sur France-Culture des choses passionnantes qui rempliraient sa vie vide et ratée, c'était sûr puisque même à la naissance j'avais l'air intelligente avec mes yeux qui brillaient de malice, tandis que mon frère même si ses yeux aussi brillaient de malice il était libre de devenir ce qu'il voulait écrivain ou électricien sa naissance était une grâce et ma mère l'adorait d'être un garçon. Maman ne tarissait pas d'éloges sur Bruno, un jeune homme charmant avec beaucoup de conversation et très intelligent, ce n'était pas étonnant puisqu'il était juif, elle m'encourageait à l'inviter à la maison aussi souvent que possible pour qu'elle puisse continuer avec lui une conversation passionnante sur la Shoah sur les juifs et le complexe d'Œdipe. Bruno avait seulement dix-huit ans mais il était déjà en deuxième année de médecine et il savait exactement ce qu'il voulait faire plus tard, psychiatre, et maman était bien contente que mon petit ami soit un futur psychiatre elle qui aurait tellement aimé devenir psychanalyste ou écrivain mais elle avait fait du droit comme sa mère, et si Bruno devenait son gendre il y aurait quelqu'un en plus de moi avec qui elle pourrait parler, ce n'était pas sur papa ou sur Anne qu'elle pouvait compter ils avaient horreur des discussions intellectuelles et le petit ami d'Anne c'était un marin, d'ailleurs il ne voulait plus venir à la maison il avait peur de maman. Parfois le week-end j'allais dormir chez Bruno dans sa maison à Vincennes où il y avait des valises prêtes en permanence pour le cas où il faudrait fuir en urgence si Le Pen ou un autre fou prenait le pouvoir et qu'on recommençait à gazer les juifs, et papa et maman ne me posaient aucune question, même quand j'oubliais de leur téléphoner pour leur dire que je ne rentrerais pas. Avec Bruno on s'embrassait et on se caressait jusqu'à la ceinture, ou plutôt je me laissais caresser je n'avais pas vraiment envie de le toucher, le cou le dos et les seins mais pas le ventre ça me chatouillait, on parlait beaucoup et on se disputait souvent, on n'avait pas les mêmes goûts en littérature ni en rien, lui il n'aimait que les écrivains et les artistes juifs, je lui disais c'est un a priori raciste, heureusement j'étais vingt-huit pour cent juive puisque ma grand-mère était juive et aussi la grand-mère de mon père c'est papa qui avait fait le calcul, sinon il m'aurait accusée d'être antisémite, d'ailleurs il m'avait dit clairement que si je n'étais pas juive par ma mère qui elle-même était juive par sa mère il ne serait jamais sorti avec moi. Il m'énervait je le trouvais présomptueux, il avait des cheveux noirs frisés et moi, je préférais les cheveux lisses, il était trop maigre pour ça maman était d'accord il avait des épaules pointues, pour lui je ne passais pas des heures à me laver et à m'habiller quand j'avais rendez-vous avec lui. À Pâques il est allé en Amérique pour trois semaines chez un cousin à New York et quand il est rentré il m'a téléphoné aussitôt, il voulait que je vienne le voir toutes affaires cessantes, il y avait une telle urgence dans sa voix j'ai cru qu'il m'avait rapporté un cadeau fabuleux, à peine je suis arrivée il m'a déclaré que c'était génial de faire l'amour, il fallait que j'en fasse l'expérience immédiatement je trouverais ça merveilleux, il venait de perdre son pucelage avec une Américaine c'était quelque chose de fantastique et d'inoubliable. J'étais curieuse et un peu envieuse aussi, si bien que ce soir-là j'ai accepté pour la première fois de me déshabiller complètement et de m'allonger contre lui dans son lit. Il m'a caressée un peu et il a pris ma main pour la poser sur son sexe, sous les draps et dans le noir, je lui avais demandé d'éteindre la lumière. C'était la première fois que je touchais le sexe d'un garçon, avec Jean on n'était même pas allés jusque-là, ce qui m'a le plus choquée ce n'est pas la chair élastique et humide sur laquelle il a posé mes doigts, ce sont les poils, j'ai senti les poils et ça m'a dégoûtée, je me suis rétractée, j'ai brusquement enlevé ma main je me suis mise à pleurer. Bruno a dit tout ce qu'il pouvait pour arrêter mes larmes, il ne voulait pas que je fasse de bruit il avait peur que ses parents à l'étage au-dessus m'entendent. Cette nuit-là j'ai encore dormi dans la chambre de son frère qui vendait des diamants en Suisse où il avait épousé une riche héritière, et le lendemain Bruno m'a promis qu'il serait patient il attendrait que moi aussi j'en aie envie puisque visiblement je n'étais pas mûre, c'était dommage parce que c'était tellement génial mais après tout je n'avais que seize ans c'était normal j'avais le temps. Il était très doux et c'était consolant de l'entendre, il redevenait Bruno le garçon qui était comme mon petit frère et pas cette chose bizarre entre mes doigts lisse visqueuse et poilue dont le simple souvenir me donnait envie de vomir.

Mes parents ont été tout à fait d'accord quand je leur ai dit qu'on allait voyager en Grèce Bruno et moi cet été-là après mon bac Bruno il faisait presque partie de la famille et j'étais fière quand on me demandait qu'est-ce que tu fais pour les vacances ? de pouvoir répondre d'un air qui me posait je pars en Grèce avec mon petit ami. Un jour Bruno m'a dit qu'il avait proposé à un copain de venir avec nous il avait peur que tous les deux tout seuls pendant un mois on finisse par s'ennuyer, je n'étais pas contente j'ai décidé de lui faire le même coup, j'ai proposé à Sophie mon amie d'enfance de se joindre à nous, on a fait un dîner chez Bruno pour tous se rencontrer. Bruno était surpris de voir que j'avais une amie si ravissante si intéressante alors qu'elle n'était pas juive et j'étais bien contente de l'impressionner, son copain par contre c'était un petit rabougri un vrai avorton qui n'a pas ouvert la bouche pendant le dîner, c'est vrai qu'elle est belle Sophie elle a un corps sublime l'été sur la plage tous les garçons la sifflent mais ça ne l'empêche pas d'être vierge, elle a beau être un canon elle a peur de ne pas avoir de charme et c'est le charme qui compte elle dit, parfois elle me demande si je la trouve désirable elle est comme moi Sophie elle se pose trop de questions.

La quatrième soir à Nauplie Bruno et son copain se sont enivrés dans une boîte de nuit et tandis que le copain s'est mis à vomir sur la piste Bruno a gémi tout haut Sophie je t'aime je t'aime pendant que Sophie se faisait draguer par un gros Grec à moustaches qui a dû ensuite nous aider à chercher Bruno sur le port où on craignait qu'il se soit suicidé parce qu'il ne répondait pas à nos appels pendant que le copain ivre mort était emmené d'urgence à l'hôpital. J'ai fini par retrouver Bruno assis dans une arrière-cour et il m'a dit d'une voix pâteuse j'aime Sophie je l'aime et le Grec nous a aidé à le porter tout en haut de la colline de Nauplie dans la maison où on avait une chambre chez l'habitant, et ensuite le Grec a dit à Sophie qu'il voulait l'épouser, il trouvait qu'elle lui devait quelque chose pour tout ce qu'il avait fait pour elle, elle a dit non en anglais ça j'ai compris même si je ne comprends pas l'anglais, c'est une aberration dans notre monde moderne mais maman trouvait mieux que je fasse de l'allemand du latin et du grec pour être une vraie intellectuelle et papa disait que je n'aurais aucun mal à apprendre l'anglais quand je voudrais après avoir maîtrisé des langues si difficiles, et pour toute réponse le Grec a giflé Sophie qui a éclaté en sanglots. Le lendemain on a pris tous ensemble le bateau pour Héraklion et quand on est descendus du bateau au petit matin dans la foule on a perdu de vue les deux garçons, Sophie et moi on s'est regardées on les largue elle a dit on s'est mises à courir on s'est cachées dans un bus qui allait n'importe où, pendant les trois semaines qui ont suivi on a ri comme des folles en imaginant leur mine quand ils ne nous ont plus trouvées. D'île en île on a voyagé toutes seules deux filles de dix-sept ans en Grèce, si on avait voulu on aurait pu voyager pour rien du tout on était sans cesse invitées par des types qui nous payaient à boire et à dîner et qui espéraient plus mais ensuite on les quittait. Aucun des gens qu'on a rencontrés n'a deviné qu'on était vierges Sophie et moi sauf peut-être un homme un jour à Délos qui nous a invitées à manger des pastèques pendant qu'on attendait un bus en retard de trois heures, un homme qui aurait pu être notre père et qui nous mettait en confiance, la première fois qu'il a fait le geste de nous caresser la joue entre son pouce et son index on a reculé en sursautant, il a ri il nous a expliqué qu'en Grèce le contact physique était naturel c'était juste un moyen de communiquer plus clair et plus simple que les mots, et il a ajouté qu'il nous trouvait belles toutes les deux mais qu'il y avait quelque chose en nous qui n'était pas beau, c'est du moins ce que Sophie m'a traduit ensuite. Elle a demandé quoi, il a répondu que c'était notre regard, nous avions toutes les deux le même regard, réticent méfiant sans joie de vivre, il y lisait que nous ne pouvions pas nous abandonner que nous ne savions pas être heureuses. Sophie était très impressionnée par cette conversation, et c'est le même soir qu'elle a décidé d'écrire l'histoire de notre voyage. Moi aussi j'écrivais, nous passions nos après-midi à écrire sur la plage et nos soirs à nous montrer nos histoires. Sophie n'aimait pas du tout ce que j'écrivais, elle disait que ça manquait de spontanéité et de vie, et c'était vrai sans doute parce que j'étais très influencée par les romans que j'étudiais en classe mais quand même j'étais très vexée ; moi aussi je lisais ce qu'elle écrivait et je ne lui disais pas mais je n'aimais pas dit tout, je trouvais son style emphatique et il m'irritait. Sinon nous nous entendions très bien et quand nous sommes rentrées à Paris très bronzées, minces, en forme et aussi vierges que nous étions parties, Sophie m'a fait un beau compliment, elle m'a dit je voulais voyager avec toi pour voir comment c'était une intellectuelle, eh bien c'est beaucoup plus sympa que ce que je croyais une intellectuelle.

Tout un petit cercle de famille nous attendait à l'aéroport, la mère de Sophie, ma grand-mère et ma sœur Anne. J'étais surprise quand j'ai vu Anne parce qu'elle travaillait et qu'elle n'était pas libre pendant la journée normalement, et je lui ai demandé pourquoi tu ne travailles pas, elle a eu un sourire mystérieux, elle a dit qu'elle était fatiguée, j'étais étonnée, elle qui avait tant d'énergie ça ne lui ressemblait pas d'arrêter de travailler parce qu'elle était fatiguée, je lui ai demandé est-ce que tu es malade ? Enfin elle a dit la famille va s'agrandir, même alors je n'ai pas compris jusqu'à ce qu'elle pointe du doigt son ventre, et soudain j'ai remarqué qu'il était énorme. Tu es enceinte ? j'ai demandé, même en la voyant je n'arrivais pas à le croire, oui elle était enceinte, elle ne s'en était pas aperçue jusqu'à ce qu'elle aille chez le gynécologue quinze jours plus tôt elle croyait qu'elle avait un kyste elle ne pensait pas qu'elle pouvait être enceinte puisqu'elle n'avait jamais eu ses règles, mais non, le gynéco lui avait dit que son kyste avait deux bras deux jambes une tête et déjà six mois et demi, c'était invraisemblable, j'ai dit à Sophie ma sœur est enceinte je m'en étais rendu compte elle a répondu. J'étais soufflée Anne avait seulement vingt ans elle faisait ses études elle n'était pas mariée est-ce que ce n'était pas une catastrophe ce qui lui arrivait à six mois et demi elle ne pouvait plus avorter, mais non elle était plus heureuse qu'elle ne l'avait jamais été, Martin était ravi et c'était merveilleux d'être enceinte, de porter la vie dans son ventre, d'être habitée, depuis qu'elle le savait elle ne se sentait plus jamais seule plus jamais triste Martin ne lui manquait pas même quand il embarquait pour plusieurs semaines. Et c'est vrai qu'elle avait l'air heureuse, pendant les deux mois et demi qui restaient tout le monde a dit Anne a changé elle s'est épanouie elle est rayonnante la maternité fait éclore sa beauté, et moi j'étais jalouse pour la première fois je me rendais compte qu'elle était belle Anne beaucoup plus belle que moi plus éclatante et plus féminine, mais à l'hôpital quand je suis entrée dans la chambre j'ai oublié ma jalousie pour la première fois je voyais un miracle, Anne c'était ma sœur je la connaissais depuis que j'étais née on avait passé dix-sept ans à se chamailler à se détester je la connaissais par cœur je pouvais tout anticiper, mais pas ça, ce petit être à côté d'elle dans le berceau tout blanc, d'une seule elle était devenue deux, il y avait un autre corps sorti de son corps un être entier et parfait avec des yeux des cils des paupières de toutes petites oreilles un tout petit nez une toute petite bouche de tout petits doigts de tout petits ongles et une tête couverte de cheveux noirs, Anne le garçon manqué qui n'avait pas de formes qui n'avait pas ses règles elle avait fait l'amour et Arthur était né.

Au retour de Grèce Sophie m'a dit qu'elle avait revu Bruno et qu'ils sortaient ensemble, je lui ai demandé si elle couchait avec lui, en Grèce on avait pris l'habitude de tout se dire, elle a répondu pas encore Bruno veut mais moi je ne suis pas sûre d'avoir envie Je ne suis pas sûre de l'aimer, et la première fois il faut le faire avec quelqu'un qu'on aime d'amour fou symboliquement c'est si important, sa réponse m'a rassurée, j'avais eu peur tout à coup d'être la seule à rester vierge, et ça m'a fait rire d'imaginer Bruno en train d'essayer de la convaincre comme il avait essayé de me convaincre c'était bien fait pour lui.

Je suis rentrée en hypokhâgne et là il y avait bien d'autres choses à penser que l'amour. D'ailleurs la plupart des garçons de la classe étaient très laids et c'étaient des jobards qui ne pensaient qu'à avoir de bonnes notes. On remarquait tout de suite ceux et celles qui étaient différents et on savait cyniquement qu'ils ne réussiraient jamais le concours parce qu'ils croyaient à la beauté ou à d'autres idéaux au lieu de simplement apprendre leur vocabulaire de latin et de grec et leurs dates d'histoire, comme Claire par exemple qui était beaucoup trop belle pour être une forte en thème. Moi j'avais peur de ne pas être au niveau je ne pensais qu'à mes versions et à mes notes jusqu'à ce jour où je suis entrée en classe après une récréation et il y avait un garçon assis sur une table qui m'a regardée et qui m'a souri, et moi aussi je lui ai souri, et je ne sais pas ce que ce sourire m'a fait mais il est rentré quelque part profondément en moi et il m'a changée tout à coup. Ce garçon, ce n'était pas la première fois que je le voyais puisqu'il était dans ma classe depuis quatre mois mais je n'aurais jamais pensé qu'on pourrait échanger un tel sourire lui et moi, un sourire de tout le corps, il n'était pas grand il portait des lunettes je n'avais pas remarqué comme il était beau, il avait un visage fin et doux une peau très blanche des lèvres pâles des cheveux châtains des taches de rousseur des fossettes dans les joues. Il s'appelait David comme mon petit frère, c'était un prénom spécial que maman avait choisi pour mon frère contre la volonté de mon père qui voulait l'appeler Yann, mais ma mère lui avait dit des prénoms bretons et catholiques il y en a assez dans la famille, Anne et Marie c'est toi qui as choisi les noms de tes filles pour mon fils c'est à moi de choisir, mon fils s'appellera David, c'est le nom de mon prophète et même si je ne crois à aucun Dieu je suis juive puisque ma mère a porté l'étoile jaune pendant la guerre et qu'elle a échappé par miracle à la rafle du Vel d'Hiv, mon fils s'appellera David et pas Yann, et mon père avait dû s'incliner en disant Yann sera le nom du prochain, il n'avait pas compris qu'après David il ne pouvait pas y avoir d'autre enfant pour ma mère. David le garçon de ma classe ce qui le rendait spécial c'était surtout son nom de famille, un nom que je n'avais jamais entendu auparavant mais qui donnait soudain à la voix des professeurs une tonalité plus grave, respectueuse, tandis qu'ils lui demandaient, Louve, vous êtes de la famille du philosophe ? On est vaguement reliés par un cousin de mon grand-père David répondait d'une voix douce, mais on a vite su ce que les professeurs ne savaient pas, qu'il était le fils de Louve, et j'ai compris que Louve dont je n'avais jamais entendu le nom jusque-là était un grand philosophe, le plus grand philosophe vivant. Après le sourire je suis allée m'asseoir à côté de David, et ensuite à chaque cours je me suis assise à côté de David, nous sommes devenus inséparables pendant les cours, quand l'un de nous arrivait la place à côté de lui restait toujours libre jusqu'à ce que l'autre arrive, personne ne l'aurait prise parce qu'on savait qu'elle était réservée et que David et Marie s'asseyaient côte à côte. En dehors des cours on se voyait chez lui deux fois par semaine, c'est moi qui avais eu l'idée de lui proposer de faire ensemble du petit latin, David qui était un génie et recevait partout les meilleures notes était faible en latin puisqu'il n'avait jamais eu la discipline d'apprendre ses règles de grammaire comme tous les génies, et il risquait de rater le concours à cause de cette faiblesse technique. Deux fois par semaine après les cours j'allais chez lui rue Claude-Bernard dans l'appartement où il habitait et où sa mère travaillait, sa mère était psychanalyste et pour cette raison il ne fallait jamais téléphoner pendant la journée parce qu'on la dérangeait pendant les séances, et elle répondait d'une voix voilée qui me faisait trembler et me confondre en excuses veuillez rappeler après huit heures s'il vous plaît. Elle ne travaillait pas le mercredi et le samedi après-midi pour s'occuper du petit frère de David qui s'appelait Daniel, et c'étaient ces après-midi où pendant plus d'un an j'ai monté l'escalier du vieil immeuble rue Claude-Bernard. Je sonnais à la porte et David venait m'ouvrir, c'était toujours le même rituel, j'entrais et on allait aussitôt dans le petit bureau de sa mère où il y avait un divan pour s'allonger mais pas un seul objet personnel, et on s'asseyait de chaque côté de la table et on traduisait du Cicéron du Quintilien ou de l'Horace pendant une heure, c'est-à-dire que je le faisais traduire et que je lui expliquais les règles avec plus de pédagogie que lorsque je faisais faire ses devoirs à mon petit frère David parce que contre lui je me mettais souvent en colère. Quand on avait fini de traduire la page, je rangeais mes affaires dans mon cartable, je me levais, David m'accompagnait jusqu'à la porte et la refermait derrière moi, je descendais l'escalier recouvert d'un tapis de velours rouge et sur le palier de l'étage en dessous je commençais à pleurer. J'aurais voulu ne jamais retourner chez lui faire du petit latin, c'était un supplice, mais je n'y arrivais pas et chaque mercredi et chaque samedi pendant plus d'un an j'ai été ponctuelle et je lui ai appris le latin. Un jour il m'a présenté Joan une universitaire américaine qui était de passage à Paris et habitait dans l'appartement pendant quelques semaines, elle avait une trentaine d'années et j'ai compris que c'était une disciple de son père le grand philosophe qui avait une renommée internationale. Elle était sympathique et m'a posé des questions sur moi, ce que David ne faisait jamais, et m'a demandé si je voulais rester dîner avec eux mais j'ai dit que je ne voulais pas les déranger et David n'a pas insisté si bien que je suis partie et que j'ai pleuré dans l'escalier encore plus que d'habitude et même dans la rue. À la maison tout le monde savait que j'étais amoureuse de David parce que je ne pouvais pas m'empêcher de parler de lui sans arrêt et maman était très impressionnée parce qu'il était le fils du philosophe Louve qu'elle n'avait jamais entendu à la radio parce qu'il refusait de se prostituer aux médias mais dont elle avait entendu parler par d'autres philosophes qui avaient moins de scrupules. Quand ma sœur nous rendait visite avec son bébé Arthur qui était incroyablement adorable avec ses yeux noirs ronds comme des billes et sa petite bouche de poupée en porcelaine elle se moquait de moi et disait que c'était bien d'une intellectuelle de se torturer les méninges comme ça, de vivre un amour platonique, et que je ferais mieux de me trouver un garçon qui m'aimerait et qui me rendrait heureuse pour que moi aussi j'aie un petit Arthur amour. Moi je savais bien qu'elle ne pouvait pas comprendre puisqu'elle n'était pas intellectuelle et qu'elle n'avait jamais aimé quelqu'un comme j'aimais David, c'était un amour qui n'avait rien à voir avec le corps, d'ailleurs pour moi David n'avait pas de corps, je le trouvais merveilleusement beau mais sa beauté c'était celle de son sourire, de sa voix et surtout de son regard, je n'aurais jamais pu l'imaginer en train d'accomplir une fonction biologique comme tout le monde comme par exemple manger ou même faire pipi, je pouvais encore moins l'imaginer en train de m'embrasser, il n'était pas charnel, c'était un pur esprit que j'aimais, un être plus proche des dieux que des hommes. J'étais stupéfaite qu'il me laisse m'asseoir à côté de lui en classe et qu'il me laisse aller chez lui pour faire du latin avec lui, je lui rendais grâce de son indulgence qui me rendait plus précieuse à mes propres yeux. C'est pour ça que j'ai eu un tel choc le jour où après notre heure de latin comme j'allais partir il m'a demandé de lui rendre un petit service, le service c'était de l'aider à descendre dans la cave un matelas qui se trouvait dans la bibliothèque, et quand on a pris le matelas je me suis rendu compte que le seul lit qui restait dans l'appartement c'était un canapé dépliable qui se trouvait dans le salon, et j'ai dit ah Joan est rentrée aux États-Unis il a répondu non elle est encore là pour deux mois encore, et j'allais lui demander mais où va-t-elle dormir quand soudain j'ai compris, je venais seulement de comprendre, la disciple de son père couchait avec lui. J'ai rougi, il m'a vue rougir et il a souri. Quelques mois plus tard je savais que Joan se trouvait aux États-Unis quand je suis arrivée chez David et qu'on s'est installés dans le bureau de sa mère et soudain sur le divan, devant moi, j'ai vu un peignoir de femme, un petit peignoir de soie bleue abandonné là par quelqu'un qui avait dû se précipiter hors de la pièce quand j'avais sonné à la porte, ça expliquait pourquoi la double porte entre le salon et la bibliothèque était fermée d'habitude elle restait ouverte. J'ai rougi et j'ai fait tout ce que j'ai pu pour me concentrer sur le latin et faire semblant de n'avoir rien vu, et David ne s'est pas aperçu de mon trouble, mais quand il a refermé la porte derrière moi, après avoir descendu un étage j'ai éclaté en sanglots, Joan je pouvais encore comprendre et accepter parce qu'elle était beaucoup plus vieille et que c'était une disciple de son père et une Américaine et qu'elle était si spéciale que ce n'était pas simplement une fille avec qui il faisait l'amour mais l'autre, celle qui avait laissé son peignoir bleu dans le bureau où on faisait du latin, sur le divan où sa mère psychanalysait ses patients, s'il y en avait une autre pourquoi donc ce n'était pas moi.

À l'époque j'étais devenue amie avec Claire qui m'avait raconté son amour sa passion pour un maître nageur marié dans la petite ville de province où habitaient ses parents, pendant trois ans ils s'étaient aimés ils s'étaient cachés ils s'étaient rencontrés à la piscine ils se retrouvaient le soir à la sortie du lycée, c'était par lui qu'elle était devenue femme un jour quand elle avait quinze ans sur les sièges en cuir de la Renault dissimulée sur une route de campagne, non elle ne se souvenait pas d'avoir eu mal c'était un amant d'une merveilleuse douceur, et en retour je lui racontais mon amour pour David, mon amour sans espoir de retour, et si je n'avais pas pu me libérer en lui disant tout je crois que je serais devenue folle, mais je ne lui ai pas parlé du peignoir bleu qui révélait la présence d'une femme dans l'appartement parce que ce peignoir m'humiliait comme si David avait fait l'amour devant moi, comme s'il ne remarquait même pas que j'avais un corps que j'étais une femme et que je l'aimais. Ou peut-être que je n'en ai pas parlé à Claire parce que j'ai su bien avant de l'apprendre que le peignoir était le sien, et qu'il y avait en effet une femme cachée dans le salon pendant que je traduisais ma page de latin avec David, une femme qui attendait que je parte pour recommencer à l'aimer et que cette femme c'était elle, Claire, qui avait insisté pour se cacher alors que David ne comprenait pas ce qu'il y avait à cacher, j'avais vu Joan pourquoi est-ce que je ne pourrais pas voir Claire, ce n'est pas ce qu'il lui avait dit bien sûr parce que Claire ignorait l'existence de Joan. Pauvre Claire ne l'a pas emporté en paradis elle a aimé David avec encore plus de passion qu'elle n'avait aimé le maître nageur, elle qui n'était capable que de passion et d'abandon total, et la première fois qu'elle a fait l'amour avec David elle s'est sentie transformée, devenir une femme nouvelle tout amour et tout don. Il l'avait invitée chez lui après les cours à l'heure où elle allait normalement à la bibliothèque avant de rentrer chez la vieille demoiselle qui la surveillait, et elle avait accepté l'invitation parce que David était un garçon si intelligent qu'elle écoutait avec ravissement parler de Plotin, et tout en parlant de Plotin il lui avait offert un whisky, et encore un whisky, elle n'avait pas l'habitude de boire, à moi il ne m'avait jamais offert un whisky de toute façon je ne buvais pas de whisky, et tout s'était ensuivi naturellement, les caresses et l'amour, et la passion. Deux semaines après il lui avait écrit une lettre sur un beau papier vélin, plus tard elle me l'a montrée quand elle m'a tout avoué, pour lui dire qu'il l'aimait mais il y avait une autre femme dans sa vie, Joan, elle se trouvait aux États-Unis quand il avait commencé l'aventure avec Claire, elle allait revenir et donc il devait rompre il était vraiment désolé il s'excusait c'était une belle aventure il promettait de ne jamais oublier. Claire a essayé de se suicider en avalant tous les Valium de la vieille demoiselle chez qui elle habitait et qui avait du mal à s'endormir la nuit, mais ça je ne l'ai pas su alors même si Claire était ma meilleure amie, elle n'a pas pu me le dire à cause de mon amour pour David, et un matin quand j'ai vu qu'elle n'était pas en classe, j'ai appelé chez la vieille demoiselle qui m'a dit que Claire était retournée chez ses parents en province parce qu'elle était malade. Quand elle est revenue à Paris un mois plus tard elle était très maigre sa peau diaphane les yeux encore plus grands encore plus noirs on aurait dit une ombre venue d'entre les morts, une très belle ombre, et elle n'avait même plus le droit d'aller à la bibliothèque elle devait rentrer directement après les cours chez la vieille demoiselle qui rapportait à son père toutes ses activités heure par heure. J'accompagnais Claire chaque après-midi jusque chez elle en la quittant à la porte de l'immeuble parce qu'elle n'avait pas le droit d'amener des amies dans l'appartement et je lui racontais comme j'avais pleuré encore ce samedi en partant de chez David, Claire avait l'air si triste je la trouvais bien compatissante.

Pendant les vacances de Pâques je suis allée rendre visite à ma sœur Anne qui habitait maintenant en Bretagne avec son mari et le petit Arthur, ce n'était déjà plus un bébé mais un petit bonhomme de dix-huit mois qui commençait à parler et qui courait partout il n'était jamais fatigué, Anne lui disait Marie travaille ne la dérange pas c'est vrai j'avais du grec à traduire du latin de l'histoire à apprendre de l'allemand, mais quand Arthur rentrait doucement dans la chambre sans faire plus de bruit qu'un chat quand il restait à deux pas de moi intimidé par le silence quand il me regardait de ses yeux noir charbon brillant si ronds quand il me souriait de son sourire à fossettes quand il chuchotait d'une fausse petite voix désintéressée Tatie Mahie tu tavailles, je le prenais dans mes bras je le faisais sauter comme une balle je le chatouillais il gigotait contre moi je lui courais après son rire roulait en cascade son rire me faisait rire c'était une drogue son petit corps dodu son odeur de bébé je laissais tomber mes mots grecs je ne pouvais pas résister. Un après-midi je bavardais avec ma sœur pendant la sieste d'Arthur la sieste c'était le seul moment où on pouvait enfin discuter tranquilles, à quatre heures je suis allée dans la chambre d'Arthur pour le réveiller après sa sieste, je l'aimais bien au réveil quand il était grognon et que sa bouche tétait. Il n'était pas dans son lit et la chambre était vide, ce coquin d'Arthur était assez grand pour sortir de son lit tout seul en se faisant tomber par-dessus les barreaux sur la moquette de sa chambre, Anne et moi on l'a appelé mais il n'a pas répondu, on l'a cherché dans la maison il avait disparu. On est sorties en courant dans le jardin on a crié son nom, Anne commençait à s'inquiéter il était peut-être sorti sur la route mais non la porte du jardin était bien fermée, il était trop petit pour ouvrir le loquet. C'était bizarre qu'il ne réponde pas je lui ai dit peut-être il se cache pour nous faire une surprise, c'était un rusé et un joueur le petit bonhomme d'Arthur. Sur l'herbe près des buissons j'ai tout à coup trouvé une petite chaussette rouge, je me suis penchée et j'ai vu derrière les buissons un trou dans la grille qui séparait le jardin de celui des voisins, un trou juste assez grand pour Arthur, et j'ai appelé ma sœur Anne Anne il est passé par la haie il est chez les voisins. On est sorties en courant du jardin et comme il n'y avait personne chez les voisins on est entrées en ouvrant leur loquet de l'extérieur, on appelait Arthur Arthur personne ne répondait, et soudain je l'ai vu, dans le bassin au milieu de la pelouse, le bassin était couvert d'habitude mais les voisins l'avaient découvert la veille pour le nettoyer et le remplir parce que leurs petits-enfants qui aimaient beaucoup barboter allaient venir passer les vacances chez eux, et j'ai couru vers le bassin en appelant Anne qui était à l'autre bout du jardin, elle a entendu ma voix et il y avait quelque chose dans ma voix qui lui a fait comprendre, quelque chose qui lui a fait traverser le jardin en courant sans poser une question. Je me suis penchée je l'ai attrapé au milieu du bassin, quand je l'ai sorti de l'eau un petit filet de vomi a coulé de ses lèvres et sa tête est tombée de côté sur son épaule, Anne a crié il est mort, j'ai dit tu es folle on ne meurt pas comme ça il est évanoui il a dû boire la tasse, elle l'a arraché de mes bras l'a allongé dans l'herbe et s'est penchée sur lui pour lui faire un bouche-à-bouche en appuyant très fort sur sa petite poitrine, elle a relevé la tête elle a dit il est mort, et j'ai crié je t'en prie ne dis pas ça ce n'est pas possible n'arrête pas le bouche-à-bouche j'appelle le Samu. J'ai couru vers la maison, elle a couru avec moi en le tenant dans ses bras contre elle, j'ai appelé les pompiers, j'ai dit vite, vite, le bébé est tombé dans l'eau il est évanoui, et on a attendu tous les trois dans la chambre d'Anne, elle avait posé Arthur sur le lit elle lui faisait du bouche-à-bouche. J'avais envie de passer mon poing à travers la fenêtre, je me suis tournée pour qu'elle ne puisse pas voir mes larmes et quand j'ai entendu la sirène je suis sortie de la chambre, et juste avant d'ouvrir la porte d'entrée je suis tombée à genoux dans le couloir et j'ai dit mon Dieu faites qu'il ne soit pas mort, je ne crois pas en Dieu mais cette fois j'ai vraiment cru qu'il y avait un Dieu et qu'il pouvait m'entendre. Deux pompiers sont entrés dans la maison avec une grande bonbonne d'oxygène, ils se sont précipités dans la chambre, et quand les infirmières sont arrivées quelques secondes plus tard avec le matériel d'urgence les pompiers s'étaient déjà relevés ils disaient c'est trop tard, il n'y a rien à faire il est mort. Moi je ne voyais plus rien tellement je pleurais, mais Anne ne pleurait pas, elle se tenait le ventre, elle disait j'ai mal, j'ai mal, j'ai mal. L'infirmière a demandé si elle devait rester pour l'aider mais Anne a dit non, et ils sont tous partis, les pompiers les infirmières et le camion du Samu sans la sirène. Nous on est restées là dans la chambre plusieurs heures à attendre Martin qui ensuite s'est occupé de tout appeler le médecin légiste qui devait constater la mort puis les pompes funèbres et le prêtre, Arthur n'était pas baptisé le prêtre c'était pour Anne pour Martin pour entendre qu'Arthur était devenu un petit ange qui habitait le ciel parmi les anges, des heures on est restées debout devant le lit Anne et moi devant Arthur dans son petit pyjama de velours à raies bleues et blanches avec au pied gauche une petite chaussette rouge, je ne pouvais pas croire qu'il n'allait pas ouvrir les yeux bientôt, il était sur le lit comme on l'avait vu deux heures plus tôt avant de le coucher pour la sieste quand il avait fait une grosse colère parce qu'il ne voulait pas dormir plus tard dans le silence longtemps j'ai entendu ses cris, il était tout mouillé ce n'était pas la peine de le changer de mettre une couverture sur lui il n'allait pas prendre froid, il n'y avait plus d'Arthur, c'était ça un cadavre, je n'en avais jamais vu, c'était Arthur sans Arthur, le corps d'Arthur sans ses cris, sa bouche à fossettes sans rire, sa tête de bille sans mouvement, ses yeux ronds noirs entrouverts, oui entrouverts sans lumière, c'était Arthur et ce n'était plus rien. Pendant toutes ces heures où on est restées près du lit à attendre Anne n'a pas pleuré, elle était blanche, blanche et se tenait le ventre en disant ma chair, je lui ai pris la main et j'ai su que plus jamais ce ne serait pareil, que plus jamais je pourrais ne pas l'aimer d'un amour immense, entier, total, sans une seule réticence.

Quand je suis retournée chez David cinq jours plus tard pour la première fois après la mort d'Arthur et après l'enterrement qui avait eu lieu dès le lendemain parce que les bébés pourrissent encore plus vite et que déjà le lendemain matin il y avait des taches bleues sur son cou et sa joue, je ne l'ai pas vu mais Martin me l'a dit en pleurant pour m'empêcher d'aller l'embrasser une dernière fois avant qu'on cloue le tout petit cercueil, quand je suis retournée chez David et qu'après notre heure de latin au lieu de me raccompagner jusqu'à la porte il m'a proposé de boire un verre avec lui et Joan qui était rentrée des États-Unis, et que Joan m'a dit a quel point elle était désolée d'apprendre ce qui était arrivé et que j'ai répondu oui c'est terrible, surtout un bébé, c'est le pire drame parce que ce n'est pas normal qu'un bébé meure, c'est innocent un bébé ça n'a rien fait ça ne doit pas mourir, alors j'ai su que je ne retournerais jamais, jamais chez David pour faire du latin, et que jamais, jamais plus je ne pleurerais sur le palier en sortant de chez lui, et si en partant ce jour-là j'ai encore pleuré dans l'escalier, ce n'était pas parce que j'aimais David, c'était parce que je me haïssais d'avoir dit devant Joan et David oui c'est terrible surtout un bébé d'avoir dit ces mots-là ces mots que je ne sentais pas terrible un bébé drame innocent j'avais trahi déjà cinq jours après sa mort le petit Arthur.

J'ai été malade. Ce n'était pas une vraie maladie, c'était un traumatisme, j'ai pleuré tous les soirs à la maison pendant des mois et aussi dans la rue chaque fois que j'entendais la sirène d'une ambulance je commençais à trembler puis à pleurer et c'est incroyable dans une grande ville comme Paris le nombre d'ambulances qui passent dans la rue chaque jour. Aussi je ne lisais plus rien je n'avais plus envie de lire ni d'écrire tout me paraissait tellement vain les philosophes les poètes les romanciers toute la littérature Dostoïesvki Proust Rimbaud Céline et les autres, et si j'ai raté le concours cette année-là ce n'est pas parce que je me moquais de tout au contraire à partir du moment où je me suis rendu compte à quel point tout ce cirque était vain j'ai commencé à avoir de bonnes notes comme si j'étais devenue intelligente alors que je jouais leur jeu dérisoire par mépris, et si David a réussi le concours très brillamment c'est en partie grâce au latin où il a obtenu une note tout à fait honorable et il m'a envoyé une petite carte très gentille pour me remercier avec sur la carte sa jolie écriture penchée qui rappelait son sourire, et avant la mort d'Arthur recevoir cette carte avec son écriture dessus ça m'aurait fait trembler pleurer de joie et d'amour mais là ça ne m'a rien fait du tout j'ai juste pensé tant mieux pour lui si c'est ça qu'il voulait. Quand je pleurais le soir à la maison le plus dur c'était la dureté de maman qui ne voulait jamais que je vienne pleurer près d'elle et qui déjà une semaine après l'enterrement m'avait dit tu n'as pas de raison de pleurer ce n'est pas ton bébé ce n'est pas ta vie c'est le bébé de ta sœur toi ta vie est ailleurs tu as d'autres soucis tu as un concours à préparer et moi je trouvais ma mère horrible, inhumaine monstrueuse et je me demandais si elle avait un cœur pour dire des choses pareilles, d'autant plus que le petit Arthur elle ne l'avait jamais serré dans ses bras elle ne voulait pas le voir et je savais qu'elle s'était réjouie quand ma sœur était partie vivre en Bretagne avec son bébé parce que pour maman le seul bébé qui existait c'était son petit David qui avait neuf ans et qui était un si joli petit garçon, si intelligent, et elle n'avait pas apprécié quand ma sœur deux ans plus tôt lui avait dit je suis enceinte de six mois et demi, elle ne pouvait pas supporter l'idée de devenir grand-mère quand elle était la maman de David, et quand j'avais demandé un jour en riant à maman comment Arthur va t'appeler mamie bonne-maman granny ou mémé pas grand-maman puisque c'est déjà pris, j'avais reçu de mon père une gifle comme je n'en avais jamais reçu parce qu'il ne frappait pas sur le visage, c'était un principe, et la gifle m'avait fait mal elle m'avait coupé la respiration mais j'avais été tellement surprise de recevoir une gifle à dix-sept ans moi qui n'avais pas été frappée depuis l'âge de dix ans que je n'avais même pas pensé à pleurer et j'avais éclaté de rire, mais quand même je m'étais rendu compte que j'avais touché un nerf sensible très sensible et qu'il valait mieux ne plus parler d'Arthur devant ma mère. À l'enterrement elle avait pleuré je ne lui avais jamais vu des yeux si gonflés et si rouges qu'elle avait cachés derrière des lunettes noires comme ma sœur et je savais qu'elle ne pleurait pas seulement la mort d'Arthur mais aussi le fait qu'elle n'avait jamais voulu l'embrasser et maintenant il était mort et c'était un peu comme si elle l'avait tué, du moins c'est ce que j'ai compris l'année d'après quand j'ai lu Freud *Deuil et mélancolie* où il disait qu'on se sent toujours coupable à la mort de quelqu'un de très proche parce qu'on a désiré sa mort. L'année suivante je n'allais pas vraiment mieux j'étais toujours triste maman disait Arthur n'était pas ton bébé tu te complais dans la souffrance tu es une masochiste tu es égoïste de pleurer, et moi je la détestais d'être si dure et je me méprisais de pleurer, mais ce que je ne savais pas alors c'était qu'elle ne pensait pas ce qu'elle disait, elle le disait seulement parce qu'elle m'aimait tant et qu'elle ne supportait pas de me voir souffrir, elle trouvait injuste d'être frappée deux fois dans ses filles, non seulement l'une avait perdu son enfant sa chair mais en plus il avait fallu que ce soit l'autre qui ramasse le petit mort dans la piscine et soit aussi traumatisée. Mais je crois qu'elle aurait mieux fait d'être douce et d'accepter que je pleure dans ses bras quelquefois comme si j'étais sa petite fille, peut-être que ça aurait évité la crise du 21 novembre qui était le jour de la naissance d'Arthur le jour où il aurait eu deux ans, ce jour-là je suis devenue folle, ça a commencé dans l'après-midi en rentrant de cours j'ai pleuré sangloté après avoir parlé au téléphone avec Claire qui m'a dit de sa voix douce et grave il n'y a rien à faire Marie il n'y a pas de remède il faut seulement croire au temps et serrer les dents, mais ensuite après avoir raccroché j'étais seule à la maison et j'ai ouvert le bar de mon père et je me suis servi un grand verre de gin, et je l'ai bu d'un trait en faisant d'horribles grimaces tellement je trouvais ça mauvais, et après ma tête tournait, tournait je n'avais pas l'habitude de boire de l'alcool, et je suis allée sur le balcon de ma chambre, je me suis assise sur le balcon et j'ai passé une jambe de l'autre côté, j'avais le vertige, mais j'ai su que je n'aurais pas le courage de tomber, Didier il avait pu moi il y avait une peur qui me retenait sur la rampe une peur plus forte que moi qui me haïssais, et j'ai enlevé ma jambe je me suis allongée sur mon lit où ma tête tournait tournait si fort que je ne pouvais pas m'endormir. Quand maman est rentrée avec David une demi-heure plus tard elle a entendu les sanglots les cris les coups elle s'est précipitée, elle a ouvert la porte de ma chambre que je n'avais pas fermée à clef elle m'a vue me cogner la tête contre les murs assez fort pour me faire saigner, maman a eu très peur ce n'était pas une crise d'hystérie comme elle en avait l'habitude avec moi qui pleurais si souvent et elle a appelé les urgences, quand les infirmiers sont arrivés j'ai hurlé je me suis débattue ils m'ont attachée ils m'ont fait une piqûre, et après m'avoir recousu l'arcade sourcilière ils m'ont mise en surveillance au service psychiatrique de l'hôpital, quand maman est venue me voir le deuxième jour après son audience une vieille femme l'a agrippée dans le couloir a hurlé Monsieur aidez-moi dites-leur que je ne suis pas folle Monsieur ne partez pas faites quelque chose pour moi, j'ai supplié maman de me ramener à la maison j'ai dit plus jamais je promets plus jamais.

Papa et maman m'ont envoyée voir un psychiatre recommandé par un de leurs amis qui m'a écoutée parler et pleurer et qui a dit que je devais voir un psychanalyste, et ensuite j'ai pris un rendez-vous avec la psychanalyste, c'était une femme à peu près de l'âge de maman, avec des cheveux châtains relevés en chignon et des yeux gris-bleu qui lui donnaient l'air doux et profond l'air d'une vraie psychanalyste, un menton un peu fuyant et une bouche sensuelle avec des lèvres charnues un sourire qui plissait ses yeux et qui laissait des rides au coin de ses lèvres ; elle ressemblait à Liv Ullmann, c'était mon actrice préférée depuis que j'avais vu *Face à face* l'histoire d'une psychanalyste qui se fait violer par un patient et qui devient folle, elle n'était pas exactement belle mais dès que je l'ai vue quelque chose s'est ouvert en moi j'ai su que je l'aimais, j'aurais voulu savoir avec qui elle vivait qu'est-ce que c'était sa vie après les journées passées à entendre les patients parler d'eux-mêmes et de leur folie et je voulais qu'elle m'aime aussi, j'avais surtout peur qu'elle me confonde avec tous ses autres patients et qu'elle me démonte psychologiquement comme un jouet d'enfant, je voulais être spéciale différente plus intéressante ou plus intelligente lui montrer que je n'étais pas dupe de mon hystérie et que j'avais honte de rapporter à moi par ma souffrance et mes cris la mort d'un petit être qui n'était pas moi qui n'était pas ma vie, et je pensais l'impressionner par ma lucidité mais un jour après m'avoir écouté parler pendant une heure c'était la quatrième fois que je la voyais et la quatrième heure que je passais à parler d'Arthur seulement d'Arthur et comment la mort d'Arthur avait changé ma vie et comment je ne croyais plus à rien tout me semblait si vain si dérisoire, ce jour-là après m'avoir écoutée elle m'a demandé soudain Marie est-ce que tu as déjà fait l'amour, j'ai rougi j'ai cru que j'avais mal compris j'en ai avalé ma salive de travers pourquoi me parlait-elle de ça c'était bien le cadet de mes soucis d'avoir dix-neuf ans et d'être encore vierge, d'ailleurs je n'en avais pas dit un mot depuis que je la voyais, comment pouvait-on être assez égoïste pour se soucier de choses si mesquines et si prosaïques quand les enfants d'un an et demi se noyaient dans ce monde. Elle a répété sa question Marie est-ce que tu as couché avec un garçon, dis-moi, et je me suis sentie stupidement piégée, et je lui ai répondu comme si c'était ça la bonne question au lieu de lui dire ce que je pensais, qu'elle débloquait complètement, j'ai dit pas exactement enfin pas jusqu'au bout parce que je n'ai jamais voulu j'étais amoureuse une fois quand j'avais quatorze ans mais j'étais trop jeune et Jean n'a pas su m'apprendre, et ensuite à seize ans j'ai eu un autre petit copain mais je n'étais pas vraiment amoureuse et je ne voulais pas d'ailleurs il m'a quittée pour Sophie mon amie d'enfance ce qui ne m'a pas fait grand-chose et elle non plus n'a pas couché avec lui, et ensuite je suis tombée amoureuse de David vous savez qui c'est David eh bien c'est le fils du grand philosophe Louve, oui son fils même s'il avait voulu nous faire croire qu'il était seulement un petit cousin éloigné, et parmi toute la classe c'est moi que David a choisie pour s'asseoir à côté de lui et je crois qu'il m'aimait beaucoup, je peux dire qu'on était de très bons amis, j'allais même chez lui pour faire du petit latin dans son appartement où travaille sa mère qui elle aussi est psychanalyste, vous la connaissez peut-être maintenant que j'y pense, et j'ai vu que les yeux bleu-gris de Marianne me fixaient doucement et elle a demandé, est-ce que tu es sortie avec David, et j'ai rougi encore comment pouvait-elle croire David n'était pas le genre de garçon avec qui on sortait j'ai essayé de lui expliquer, c'était le fils du plus grand philosophe vivant et lui-même un génie, non on était amis c'est tout et c'est déjà beaucoup, donc tu n'as jamais fait l'amour avec un garçon m'a dit Marianne, et moi je détestais qu'elle le sache parce que j'étais sûre que maintenant elle allait me considérer comme une petite fille et me mépriser mais j'ai dû dire oui parce que la vérité se lisait sur mon visage et que les psychanalystes ne s'en laissent pas conter et qu'ils donnent encore plus de sens aux mensonges qu'aux vérités et que je ne voulais pas qu'elle commence à dire que je déniais si par hasard elle me soumettait à un examen médical on ne sait jamais avec ces médecins du corps et de l'âme ils sont tous un peu fascistes je commençais à m'en rendre compte. Marianne m'a alors doucement expliqué que c'était là que se trouvait le problème, peut-être pas la clef du problème mais en tout cas son nœud, Arthur parce que c'était un bébé me rappelait la naissance et la naissance m'évoquait le ventre de la mère et le sexe de la femme, mon sexe, la mort d'Arthur avait servi de catalyseur, le vrai problème c'était mon rapport à mon propre corps et à ma féminité, et elle n'avait pas eu de mal à deviner que je n'avais jamais fait l'amour, elle l'avait compris en m'écoutant parler d'Arthur, elle voyait bien que je manquais de contact avec ce qu'elle appelait le réel, c'est-à-dire avec le sexe des hommes, le phallus autrement dit que bien sûr je désirais puisque je ne l'avais pas et à travers mon deuil d'Arthur ce deuil que je n'arrivais pas à faire je voulais me punir de mon désir. Elle a dit qu'il était important pour moi, pour me permettre de grandir de devenir une femme, de me séparer de papa et maman qui veillaient trop sur moi, je devais devenir plus indépendante, peut-être leur demander de me louer une chambre dans Paris, il fallait que je m'éloigne du cocon familial et que j'aie ma propre expérience.

De tout ça la seule chose que j'ai rapportée à papa et maman c'était le conseil de me louer une petite chambre pour moi seule dans Paris, mais ils n'ont pas voulu ils ont dit que j'étais trop faible psychologiquement et que ce n'était pas une bonne idée parce que je risquais de faire des bêtises un soir où je déprimerais toute seule dans ma petite chambre, et que même si je n'essayais pas de me suicider ma santé mentale se délabrerait parce que je ne mangerais pas régulièrement trois repas par jour c'était évident puisque je ne savais pas faire la cuisine j'étais une intellectuelle, ils n'avaient pas besoin de me citer mes classiques pour que je sois d'accord avec eux mens sana in corpore sano. Ils m'horripilaient je trouvais qu'ils ne comprenaient rien et que par leur faute peut-être je ne serais jamais normale jamais une femme parce qu'ils étaient trop protecteurs et ne me laissaient pas avoir l'expérience du réel, et pour les punir j'ai décidé que je ne verrais plus la psychanalyste, ce qui en fait les arrangeait non parce que les séances étaient chères même si c'était aussi un argument mais surtout parce qu'ils trouvaient qu'elle me donnait de mauvais conseils j'étais intelligente j'avais dû la manipuler elle ne me connaissait pas assez elle ne savait pas à quel point j'étais hystérique et rusée. Moi j'étais contente de ne plus y retourner parce que c'était un supplice de me rappeler le moment où elle m'avait posé la question qui m'avait fait rougir jusqu'au fond de moi et qui montrait toute l'inégalité entre nous, entre elle une femme de quarante-cinq ans qui était si belle et avait sûrement tant d'expérience tant de contact avec le réel et moi une fille de dix-neuf ans dont les larmes étaient si faciles à déchiffrer, mon Dieu pourquoi est-il mort ça voulait dire simplement comment se fait-il que je sois encore vierge. Je ne savais pas si c'était faux ou vrai et peut-être bien que c'était vrai d'une certaine manière mais en tout cas dans mon cœur c'était faux et je savais que plus jamais je n'irais voir un psychanalyste parce que c'était une race de profanateurs pire que les néonazis qui avaient déterré un vieillard dans un cimetière juif pour lui enfoncer dans l'anus un manche de parasol. Aussi j'ai décidé de m'installer chez ma grand-mère qui habitait dans l'immeuble à côté de celui de mes parents sous prétexte que David faisait trop de bruit en jouant avec ses Playmobil ses Lego et son Goldorak et qu'il m'empêchait de réfléchir pour mes dissertations de philosophie ou d'histoire, et ça mes parents pouvaient le comprendre et comme ils ne pouvaient pas empêcher David de jouer ils m'ont laissée déménager chez grand-maman qui avait une petite chambre pour moi et qui était ravie que je vienne habiter avec elle parce qu'elle m'adorait j'étais sa petite-fille préférée celle qui lui ressemblait le plus, de caractère seulement parce que physiquement j'étais si différente, et même si elle me trouvait mal habillée elle aimait me montrer à ses amis qui disaient tous Marie ressemble à la Vénus de Botticelli née de l'écume des flots et grand-maman était très fière, mais ce que papa et maman ne savaient pas c'est que chez grand-maman tous les soirs après dîner je regardais la télé avec elle, n'importe quel film américain débile que je voulais regarder, tous les soirs et même ensuite quand elle allait se coucher à dix heures moi je continuais à regarder la télé, et ça c'était ma vengeance contre maman même si elle ne le savait pas, tandis qu'elle croyait que j'étais une intellectuelle qui deviendrait un grand écrivain moi je me gavais de navets tous les soirs je me sabotais la cervelle. Grand-maman m'appelait ma chérie mon poulet ma cocotte elle était contente que je regarde la télé avec elle ça lui faisait de la compagnie elle me gâtait elle m'achetait a manger tout ce que je voulais des bouchées à la reine et du saumon fumé on s'entendait très bien toutes les deux, la seule chose qui m'énervait un peu c'était qu'elle voulait toujours savoir exactement à quelle heure je rentrerais et si j'étais en retard elle m'attendait avec angoisse, elle disait avec autant d'angoisse qu'on attend un amant.

Pour fêter mes vingt ans et aussi pour me changer les idées elle voyait bien que j'étais triste depuis la mort d'Arthur grand-maman m'a invitée au festival de Salzbourg. C'était un magnifique voyage qu'elle m'offrait on est descendues dans un hôtel de luxe et tous les soirs on allait au concert ou à l'opéra pour entendre *La Flûte enchantée* la *Symphonie des adieux* de Haydn le *Concerto n° 2* pour piano de Brahms et les *Lieder* de Schubert chantés par Hermann Prey. Je n'étais jamais allée au concert maman préfère le théâtre elle a besoin de mots de significations, c'est à Salzbourg que j'ai découvert la musique tous les soirs pendant deux heures deux merveilleuses heures j'ai oublié tout je me suis laissé transporter par le concert des violons des pianos et des voix, c'est à Salzbourg que j'ai compris l'âme est faite de musique et c'est seulement grâce à la musique qu'on peut sortir de notre enveloppe corporelle limitée et pesante. Quand j'ai entendu Hermann Prey chanter *Le Roi des aulnes* le poème de Goethe où un roi emporte sur son cheval son enfant qui meurt j'ai pleuré en silence pour ne pas troubler la musique et mes larmes étaient si grosses si abondantes qu'elles ont mouillé le haut de ma robe, c'étaient mes premières larmes douces depuis la mort d'Arthur, j'aurais voulu rester assise là toute ma vie à pleurer en écoutant la voix du ténor le roulement du piano le galop du cheval, et quand Hermann Prey s'est tu il y a eu dans la salle un instant de silence, et ensuite la salle a applaudi frénétiquement hystériquement tout le monde s'est levé les dames en robe longue les messieurs en smoking les vieillards tous debout ils ne voulaient plus laisser partir Hermann Prey ils le suppliaient de chanter encore, dix fois sur scène il a dû revenir, et quand le pianiste pour finir a claqué le couvercle du piano on est restés debout agglutinés au pied de l'estrade à crier encore et encore à l'adorer à le supplier de revenir de ne pas nous abandonner. Grand-maman était très contente elle disait c'était vraiment un beau concert remarque à quatre cents francs la place ça pouvait être beau il faudra que je pense à féliciter mon agent de voyage quand on rentrera à Levallois il avait réservé d'excellentes places on était vraiment bien assises on pouvait même voir le visage d'Hermann Prey et les doigts du pianiste. Tous les soirs après le concert on allait dîner dans les plus grands restaurants de Salzbourg les plus gastronomiques et les plus raffinés grand-maman avait pris une liste des restaurants à l'office du tourisme elle avait entouré tous ceux qui avaient cinq étoiles, il y en avait beaucoup Salzbourg est une ville où vont beaucoup de gens riches à cause du festival. Dans le restaurant elle me disait tu te rends compte je suis vraiment reconnaissante à Bulot de m'avoir légué une partie de son héritage sans lui je n'aurais pas pu être avec toi ce soir en train de dîner à Salzbourg dans un restaurant cinq étoiles les pensions du barreau c'est vraiment riquiqui ça ne permet pas de vivre luxueusement et j'aime le luxe c'est une des meilleures choses de l'existence je suis heureuse d'en faire profiter ceux que j'aime. Et moi j'en voulais à ma grand-mère de me dire le prix des places juste après le concert quand je pouvais seulement me taire, et je me demandais si elle était capable d'écouter la musique ou s'il lui manquait quelque chose comme un sens esthétique, et je me demandais si c'était parce qu'elle n'avait jamais joui, mon grand-père était mort d'un cancer quand elle avait quarante-six ans elle ne s'était jamais remariée personne elle disait n'aurait pu remplacer l'homme qu'elle avait adoré, mais maman qui cherche toujours la vérité profonde derrière les apparences sociales disait ma mère n'a jamais eu d'orgasme la sexualité n'a tenu aucune place dans sa vie elle n'avait pas besoin d'un homme, elle a voulu ton grand-père parce qu'il était blond et grand alors qu'elle était petite et brune comme une prune, et si ton grand-père ne l'a jamais quittée c'est parce qu'elle a une volonté magnétique à laquelle rien n'a jamais résisté. J'en voulais même à grand-maman d'être assise avec moi dans ces restaurants de luxe où elle m'emmenait tous les soirs quand je voyais aux autres tables, des tables romantiques couvertes d'une belle nappe blanche avec une rose dans un vase de cristal et des couverts en argent et des assiettes en porcelaine de Sèvres, des couples seulement des couples de tous les âges des vieux mais aussi des jeunes élégants qui avaient l'air heureux et je me disais j'ai vingt ans je fais un voyage de luxe avec ma grand-mère au lieu de m'amuser avec des gens de mon âge c'est une aberration. Mais la nourriture était exquise et me rendait ma bonne humeur, je me rendais compte de ma chance, et si j'étais un peu rêveuse je disais à grand-maman mais non je ne suis pas triste c'est juste la musique qui était si belle et elle soupirait ah oui elle disait c'était beau et ça pouvait à quatre cents francs la place, je suis contente que tu aimes ce voyage, je veux te donner des goûts de luxe comme ça tu seras obligée de gagner beaucoup d'argent plus tard pour les satisfaire. Le matin on allait faire un petit tour ensemble dans la ville je marchais lentement en lui tenant le bras, on s'arrêtait dans un café très chic et on commandait un café mit Schlag, ensuite on déjeunait dans notre hôtel cinq étoiles qui était l'hôtel le plus luxueux de la ville et l'après-midi grand-maman se reposait avant le concert et moi j'allais me promener, j'avais découvert un café à l'autre bout de la ville près de la rivière, un café différent de ceux où grand-maman m'emmenait, il était plein de gens beaucoup plus jeunes et c'était là où j'allais passer mes après-midi en lisant des romans et en regardant les gens.

Un après-midi j'ai vu entrer un jeune homme qui est allé s'asseoir à une table face à la mienne et qui a sorti de la poche de sa veste un petit livre ancien relié de cuir avec des pages jaunies couvertes de caractères gothiques, sans quitter son livre des yeux il a levé la main droite pour glisser derrière son oreille une mèche de cheveux bruns tombés sur son visage, il avait de longs doigts avec une bague en argent sur l'auriculaire et de beaux cheveux souples séparés par une raie au milieu de sa tête, un haut front dégagé, un nez fin et des sourcils épais, il se tenait très droit ça me faisait plaisir de le regarder j'aurais aimé le dessiner. Une jeune femme est arrivée cinq minutes plus tard elle s'est assise à côté de lui, il lui a lu son livre tout haut c'était des poèmes de Hölderlin je crois et il avait une belle voix très grave, et je les observais cachée derrière mon livre c'était *Justine* de Sade dans une collection de poche quand soudain ses yeux ont attrapé mon regard par-dessus la couverture de mon livre, je n'ai pas eu le temps de baisser la tête j'ai rougi et il m'a souri c'était un sourire ironique il avait vu que je le guettais mais aussi chaleureux. En français il m'a proposé de me joindre à eux, et quand il a appris que j'étais à Salzbourg en voyage avec ma grand-mère il était intrigué, il a dit ce n'est pas courant une fille qui ressemble à une petite fille sage qui voyage avec sa grand-mère et qui lit Sade dans un café, en Autriche Sade c'est un auteur interdit, et il avait envie de rencontrer ma grand-mère mais le soir ce n'était pas possible parce qu'on allait au concert et ensuite au restaurant et le lendemain il n'était pas libre et le surlendemain il devait partir pour Berlin. Il m'a demandé si je voulais boire un verre avec lui le soir après le restaurant et j'ai dit oui. Quand j'ai retrouvé grand-maman je lui ai raconté que j'avais rencontré un groupe d'étudiantes charmantes qui venaient de Vienne et qu'elles m'avaient proposé de boire un verre avec elles ce soir parce que le lendemain elles repartaient pour Vienne, et grand-maman a trouvé que c'était une bonne idée comme ça je pourrais pratiquer mon allemand et elle m'a dit mais quand même ne rentre pas trop tard. On avait rendez-vous devant mon hôtel à onze heures, quand je l'ai attendu j'étais soudain sûre qu'il ne viendrait pas, j'avais l'air ridicule à attendre toute seule dans la rue dans ma jolie robe blanche debout contre un mur comme une prostituée, une fille qui voyageait avec sa grand-mère voilà ce que j'étais, en passant les gens me regardaient personne ne s'arrêtait, mais soudain il était là devant moi, dans la nuit je ne l'avais même pas vu s'approcher, il était debout tout contre moi penché vers moi, il ne s'était pas moqué de moi, je l'avais attendu et il était venu, j'avais rendez-vous avec un inconnu. Il avait faim il n'avait pas dîné il m'a emmenée dans un restaurant populaire un endroit où je ne serais jamais allée avec grand-maman, il a mangé une Wiener Schnitzel j'ai insisté pour l'inviter j'étais si contente si reconnaissante de l'accompagner, ensuite nous nous sommes promenés longtemps dans Salzbourg la nuit dans de petites rues écartées où je n'étais jamais allée, et il m'a raconté l'histoire des rues des places et des vieilles maisons et il avait une si belle voix qui m'atteignait profond en moi, on marchait enlacés, il avait glissé son bras autour de ma taille et je me serrais contre lui pour avoir plus chaud, et quand j'ai frissonné de froid il a enlevé sa veste noire il l'a mise sur mes épaules. Il s'appelait Wolfgang Bauer mais il avait changé son nom contre celui de Sebastian que je trouvais beaucoup plus joli parce que Wolfgang Bauer était le nom d'un acteur très célèbre et que lui aussi il était acteur, mais il ne trouvait pas toujours des rôles à jouer pour gagner sa vie il faisait aussi de la traduction, je lui ai demandé ce qu'il traduisait il m'a dit de la philosophie, avec émotion j'ai repris qui précisément il m'a répondu le philosophe Louve et je l'aurais parié, je lui ai dit je connais le fils de Louve, David Louve, il a été mon ami le plus proche pendant presque deux ans, Sebastian a compris que David Louve avait été mon petit ami il était très impressionné je n'avais plus l'air seulement d'une petite fille qui voyageait avec sa grand-mère. Puis il m'a demandé si je voulais aller dans un local c'est-à-dire une sorte de boîte de nuit pour danser moi j'aurais préféré un endroit calme pour continuer à parler mais dans la rue j'avais un peu froid, alors il m'a dit on peut aller chez moi si tu veux, j'ai eu l'air hésitant il a dit ce n'est pas dans le centre mais en taxi c'est tout près c'est une grande maison très belle et très ancienne c'est là où Mahler résidait autrefois quand il venait à Salzbourg et maintenant il y a plein d'artistes qui vivent dans cette maison, un peintre un sculpteur un écrivain et un chef d'orchestre qui a été l'assistant de Karajan. J'ai pensé que ce serait intéressant de rencontrer tous ces gens alors j'ai accepté, dans le taxi on n'a pas parlé, c'était beaucoup plus loin que ce que Sebastian m'avait dit j'étais un peu inquiète je ne voulais rien dire pour ne pas paraître timorée déjà que je voyageais avec ma grand-mère, de plus il n'y avait pas de raison d'avoir peur, Sebastian traduisait Louve en allemand et la maison où on allait c'était celle de Mahler, c'était une expérience culturelle passionnante j'avais de la chance de la vivre de rencontrer des gens comme l'ancien assistant de Karajan, le taxi avait quitté la ville et roulait dans la banlieue, enfin on a fini par arriver et quand j'ai vu que Sebastian sautait du taxi sans payer j'ai pris mon portefeuille j'ai réglé la course c'était très cher j'ai donné presque tout mon argent. Il a ouvert la porte de la maison j'étais surprise parce qu'on n'entendait pas un bruit, et à l'intérieur c'était tout noir, j'ai demandé mais où sont les gens qui vivent dans la maison et il a dit ils dorment à cette heure, ne fais pas de bruit, évidemment il était presque deux heures et demie du matin je n'y avais pas pensé. On est allés dans le studio où il habitait ce n'était pas chez lui c'était l'appartement d'un ami écrivain, il y avait des livres partout sur les étagères qui couvraient les murs du plancher au plafond les livres avaient un air familier ils m'ont rassurée, je me suis assise sur le canapé Sebastian est allé chercher une bouteille de vin il l'a ouverte m'a servi un verre et s'est assis près de moi. Devant nous il y avait un grand lit pas fait et je me sentais mal à l'aise, ce n'était pas une bonne idée d'avoir accepté de venir ici mais il était un peu tard pour m'en rendre compte, je pensais à grand-maman et je me demandais comment je rentrerais à l'hôtel je n'avais plus assez d'argent pour payer un taxi. Tout à coup il y a eu un grand bruit qui m'a fait sursauter la maison a tremblé j'ai crié j'ai demandé qu'est-ce que c'est un tremblement de terre ? Sebastian a ri c'est le train qui passe il a dit, la maison était construite au bord de la voie ferrée c'était pour ça que des artistes y vivaient à cause des trains le loyer était très bas, le bruit des trains surprenait au début mais on s'y habituait il en passait seulement un par heure. J'ai bu un peu de vin blanc pour me donner une contenance, Sebastian s'est rapproché de moi, il a mis son bras autour de mes épaules et il a commencé à caresser mon bras nu, j'ai tressailli, il m'a dit tu es un peu tendue, j'ai dit oui, je trouvais bizarre d'être là dans une chambre seule avec lui devant un lit pas fait j'avais peur qu'il se trompe sur mes intentions, il a répondu que mes intentions étaient assez claires quand on est une jolie fille comme moi qui lit Sade dans un café et qu'on suit un étranger chez lui à deux heures du matin il n'y a pas de mystère pourquoi, il a dit tu as le temps de te détendre on n'est pas pressés on a toute la nuit devant nous. Il a dit toute la nuit d'une voix qui m'a troublée m'a pénétrée m'a fait rougir, et j'ai dit toute la nuit mais non je dois rentrer ma grand-mère va s'inquiéter, il a ri, j'ai dit c'est sérieux je ne peux pas lui faire ça elle va s'affoler il faut au moins que je lui téléphone, il a répondu il n'y a pas de téléphone dans la maison, pas de téléphone j'ai dit mon Dieu ce n'est pas possible comment je vais faire, et j'ai commencé à pleurer, il a souri c'était un sourire à la fois doux et cruel un sourire ironique qui m'a mise mal à l'aise et soudain j'ai su j'étais tombée sur un fou un sadique un violeur un tueur en série j'étais allée me jeter entre ses mains dans une maison sans téléphone j'allais mourir, il n'y avait personne dans la maison c'était évident il m'avait menti pour me faire venir il était très intelligent il avait compris que la culture me rassurait c'est pour ça qu'il avait parlé de Louve de Mahler de Karajan et quand le train passait il couvrait tous les cris, toute la nuit devant nous il allait m'attacher me violer me torturer me tuer sur ce lit. Il m'a prise dans ses bras j'étais raide j'avais peur je me suis laissé faire il a dit en français ne t'inquiète pas je t'emmènerai demain matin à un téléphone public pas loin d'ici et tu pourras téléphoner, et j'ai dit mais demain à quelle heure, il ne faut pas que ma grand mère se réveille et ne me trouve pas elle va devenir folle, il m'a dit détends-toi, je suis sûr qu'elle en a vu d'autres ta grand-mère, je te promets qu'on ira très tôt, on mettra le réveil pour être sûrs de se réveiller. Son ton ne ressemblait pas à celui d'un sadique, et pendant ce temps il avait commencé à m'embrasser et il léchait les larmes sur mon visage, sa langue glissait sur mes joues dans mon cou dans mon oreille et ça me faisait frissonner, ses mains dans mon dos avaient trouvé les boutons elles ouvraient elles cherchaient à rentrer sous le tissu du chemisier tout mon corps tremblait je lui rendais ses baisers. Il m'a prise dans ses bras et m'a portée sur le lit, il m'a ôté ma robe blanche mon slip et mon soutien-gorge et les a jetés au pied du lit, j'ai ramassé au coin du lit le drap plié en boule je me suis glissée dessous je l'ai regardé se déshabiller, il était beau grand et musclé il se tenait très droit cambré il avait une poitrine large c'était comme ça que je me représentais le maître nageur de Claire, et j'ai abaissé mon regard et j'ai vu son sexe, c'était le premier sexe d'homme que je voyais en pleine lumière et il était très grand, il était tendu vers moi perpendiculaire à son corps, il allait le rentrer en moi et je le voulais mon corps mes dents en tremblaient. Dans le lit il s'est pressé contre moi j'étais raide, je me laissais faire passive paralysée, il a pris ma main et l'a placée sur lui, je l'ai touché mais je ne savais pas ce que je devais faire j'avais peur de me tromper de mouvement peur qu'il se rende compte de mon inexpérience, il s'est rendu compte de quelque chose il a dit tu sembles inquiète tu veux que je mette une capote, et j'ai rougi je n'ai pas pu cacher la vérité j'ai dit ce n'est pas ça mais, mais quoi il a demandé, j'ai dit c'est-à-dire que c'est la première fois que, il a demandé la première fois que quoi, la première fois j'ai dit, je ne pouvais rien ajouter, il m'a regardée avec étonnement il ne comprenait pas, j'ai dit je n'ai jamais, il a demandé jamais quoi, enfin très vite j'ai articulé je suis vierge, il m'a entendue et il m'a dévisagée avec stupéfaction, il ne pouvait pas le croire et pour cause, c'est assez rare une vierge en robe blanche qui lit Sade dans un café et qui suit un étranger la nuit dans une ville étrangère, puis il a éclaté de rire, il a ri tellement qu'il en a pleuré, et un train est passé à ce moment-là. Sebastian m'a dit de m'allonger de fermer les yeux et de me détendre, il serait très doux et je ne devais pas avoir peur, j'ai fermé les yeux et je me suis laissé faire, il m'a caressée partout sur mon corps, très doucement, il a léché mes seins sans me faire mal, il est descendu le long de mes jambes, il a glissé sa tête entre mes cuisses et quand j'ai fait un mouvement instinctif pour les fermer il a dit n'aie pas peur, c'est ton corps, c'est ton trou, ton trou est un endroit merveilleux que tu dois aimer et en lequel tu dois avoir confiance, ouvre-toi, et en écoutant sa voix je me suis ouverte, le mot trou prononcé de sa voix étrangère avec son accent étranger ne me faisait pas rougir, c'était un beau mot qui donnait de la valeur à mon corps, j'ai écarté mes cuisses et il a glissé sa langue dans mon trou, il m'a caressée jusqu'à l'orgasme puis il s'est serré contre moi et s'est endormi. Moi je n'ai pas pu dormir, j'ai sursauté toutes les heures quand les trains sont passés, et pour finir à l'aube je me suis endormie si bien que je n'ai pas entendu le réveil quand il a sonné à sept heures et Sebastian non plus ou bien il a préféré l'arrêter et dormir. Quand j'ai ouvert les yeux j'ai vu qu'il était dix heures, j'ai poussé un cri en pensant à grand-maman, j'ai baissé les yeux, Sebastian dormait la bouche entrouverte il ronflait légèrement il avait la marque de l'oreiller rouge imprimée sur sa joue, j'ai touché son menton du bout des doigts sa peau était piquante, c'était la première fois que je me réveillais dans le lit d'un homme ça n'avait rien à voir avec Bruno d'abord je ne passais pas toute la nuit avec Bruno et puis Bruno avait seulement dix-huit ans maman l'aimait beaucoup et c'était pour ainsi dire mon petit frère tandis que Sebastian c'était un parfait étranger, j'ai souri en pensant à la nuit à ma peur à ses caresses et à ses belles paroles et je n'avais pas honte d'avoir été vierge et qu'il m'ait laissée vierge parce que Sebastian m'avait donné du plaisir il avait dit de si belles paroles il m'avait respectée il était beau mon corps il avait dit et je devais aimer mon trou. J'ai embrassé sa joue puis ses paupières qui étaient si belles closes il a grogné et les a entrouvertes, j'ai dit en allemand hello c'est moi Marie tu te rappelles il est dix heures il faut absolument que je téléphone à ma grand-mère.

Dans la rue il faisait beau si beau ça sentait bon la campagne les fleurs l'herbe coupée et je me sentais parfaitement heureuse, il m'a conduite jusqu'au téléphone j'ai appelé l'hôtel j'ai eu le réceptionniste au téléphone j'ai dit pourrais-je parler à Madame Levy s'il vous plaît et quand il a dit est-ce que c'est sa petite-fille j'ai compris que tout le monde était au courant j'ai dit oui, elle n'était pas dans sa chambre il m'a dit qu'il transmettrait le message que j'allais rentrer dans une heure. Sebastian m'a emmenée prendre le petit déjeuner dans un jardin au soleil, il a commandé des cafés au lait du pain grillé et du miel et quand les guêpes ont commencé à voler autour de moi et qu'il a vu que j'avais peur il a pris un peu de miel dans une assiette et l'a posée à l'écart ce qui a attiré toutes les guêpes c'était vraiment astucieux et si délicat de sa part, puis il m'a conduite au bus et m'a dit au revoir en baisant mes lèvres, nos mains s'étreignaient encore quand je suis montée dans le bus, à chaque marche je m'éloignais un peu plus ses doigts touchaient mes paumes glissaient le long de mes phalanges jusqu'au bout des doigts puis le contact s'est rompu, pendant tout le trajet j'étais rêveuse heureuse comme après un concert, en descendant du bus à Salzbourg j'ai acheté un bouquet de roses pour grand-maman avec les quelques shillings qui me restaient puis je suis arrivée à l'hôtel. Quand je suis entrée dans le hall de l'hôtel quelqu'un a crié la voilà appelez Madame Levy tout de suite dans sa chambre, c'était un monsieur en costume trois-pièces avec des favoris, j'ai su plus tard que c'était le directeur de l'hôtel un monsieur très important parce que c'était l'établissement le plus prestigieux de Salzbourg, il avait passé des heures à essayer de rassurer ma grand-mère en lui disant qu'il ne m'était sûrement rien arrivé de grave il avait une fille de vingt ans il était familier de ces escapades il ne fallait pas s'inquiéter, mais ma grand-mère avait tenu à appeler la police et l'hôpital pour savoir si on n'avait pas trouvé une fille de vingt ans un cadavre en robe blanche avec de longs cheveux. Quand je suis arrivée dans la chambre j'ai compris que c'était terrible, grand-maman avait vieilli de dix ans elle ne ressemblait plus à la petite dame énergique de soixante-dix ans avec qui je voyageais mais à une vieille brisée, désespérée et hagarde, son regard était un reproche vivant, elle a dit comment tu as pu me faire ça j'ai cru que tu étais morte, quand je me suis réveillée à six heures j'ai d'abord cru que tu étais là parce que dans la pénombre j'ai pris l'oreiller pour ta tête, mais ensuite à sept heures j'ai vu qu'il n'y avait personne, j'ai attendu attendu et demandé s'il y avait des messages mais il n'y en avait pas, j'ai appelé l'hôpital et la police tu ne sais pas ce que c'est d'attendre au téléphone les pires nouvelles, j'ai été malade de peur je suis restée pendant trois heures aux cabinets jusqu'à ton coup de fil et j'ai eu une colique épouvantable, je ne sais pas comment tu as pu me faire ça plus jamais je ne te laisserai sortir seule le soir et jamais je ne pourrai te pardonner. J'ai posé les fleurs sur le lit j'ai dit grand-maman excuse-moi je suis désolée je voulais t'appeler mais j'ai dormi dans une maison où il n'y avait pas le téléphone, j'ai parlé de Sebastian de la merveilleuse promenade dans les rues de Salzbourg de sa culture et comment tout s'était enchaîné, elle s'est mise dans une colère terrible elle a crié tu suis n'importe quel inconnu la nuit jusque chez lui tes parents ont raison tu es folle ma pauvre fille, à mon tour je me suis mise en colère je l'aime j'ai dit on n'a pas besoin de connaître un homme pour l'aimer je l'aime et je suis heureuse de ce qui s'est passé, elle a crié comment tu peux dire ça dire que tu es heureuse de ce que tu m'as fait est-ce que tu veux ma mort, j'ai dit non ça n'a rien à voir toi et moi on est deux personnes différentes tu dois me laisser ma liberté je suis assez grande pour dormir où je veux, plus jamais je ne t'emmènerai en voyage elle a dit, ça m'est bien égal j'ai répondu je ne suis pas à vendre, elle a poussé un cri elle est tombée sur le lit, je me suis assise en face d'elle en silence, elle était là toute courbée sa tête rentrée dans les épaules et une larme qui coulait sur sa joue fripée, ses cheveux rares pas coiffés laissaient voir son crâne blanc, elle qui prend tellement soin de sa personne on aurait dit soudain une petite vieille misérable dans un hospice de grabataires, j'ai dit tu dois comprendre il y a un moment pour devenir adulte où l'on doit tuer ses parents du moins symboliquement et c'est ce que j'ai fait c'est pour ça que je n'ai aucun regret, ces mots c'étaient ceux de la psychanalyste mais grand-maman ne le savait pas la psychanalyse elle ne connaissait pas et ça ne l'intéressait pas, tu es méchante elle a dit tu dis des choses horribles je n'ai jamais rien entendu d'aussi méchant et c'est toi qui me les dis toi Marie ma petite-fille préférée pour qui je donnerais tout c'est toi qui me brises le cœur si on me l'avait prédit je n'aurais jamais pu le croire, j'ai haussé les épaules j'ai dit je ne suis pas méchante je ne suis plus un enfant c'est ça que tu ne peux pas comprendre. Elle s'est levée les yeux secs elle a dit d'une voix autoritaire n'en parlons plus ça ne sert à rien je retiens la leçon tu n'entendras plus parler de ma sollicitude je n'oublierais jamais un jour tu comprendras mais on ne va pas passer les deux derniers jours à se disputer alors faisons la paix embrasse-moi, et je l'ai embrassée.

Dans l'après-midi pendant qu'elle faisait la sieste je suis allée me promener, et soudain j'ai eu envie de revoir Sebastian, il ne m'avait pas laissé d'adresse il partait le lendemain pour Berlin je ne savais même pas le nom de la banlieue où se trouvait la maison, mais il fallait que je la retrouve c'était mon seul désir, je ne pouvais pas supporter l'idée de ne pas le revoir. J'ai d'abord couru jusqu'au café près de la rivière je me suis dit peut-être qu'il m'attend là-bas mais il n'était pas là, j'ai retraversé la ville en courant j'ai pris un bus n'importe lequel à l'arrêt face à celui où j'étais descendue le matin, je n'ai rien reconnu sur la route, on a roulé pendant trente minutes c'était la campagne soudain j'ai entendu un train et j'ai crié je veux descendre, moi qui n'avais aucun sens de l'orientation et aucune mémoire des lieux j'ai suivi la voie ferrée dans un sens au hasard et soudain j'ai reconnu la maison. J'ai sonné à la porte un jeune homme blond est venu m'ouvrir, je suis une amie de Sebastian j'ai dit, il m'a laissée passer j'ai couru jusqu'à la porte du studio qui était ouverte, je suis entrée, Sebastian assis à son bureau me tournait le dos il était en train de taper sur une vieille machine manuelle qui faisait beaucoup de bruit, il ne m'a pas entendu m'approcher et j'ai posé mes deux mains sur ses yeux. Il a dû avoir peur il a réagi violemment, il a attrapé mes poignets il a brutalement écarté mes mains, qu'est-ce que tu fais ici il a dit, j'ai répondu j'avais envie de te voir j'ai réussi à retrouver la maison, quand j'ai parlé ma voix s'est étranglée j'avais compris mon erreur avant même de l'entendre répliquer glacial j'ai horreur des lendemains. Il s'est tourné vers sa machine il a recommencé à taper, je me suis assise sur le lit défait je ne sais pas combien de temps je suis restée là sans rien dire, puis je me suis levée, pour pleurer je pouvais attendre de me retrouver dehors, au moment où j'atteignais la porte je l'ai entendu dire attends, il s'est levé s'est approché de moi par-derrière il m'a prise dans ses bras, il a glissé ses mains sous mon chemisier il a dégrafé mon soutien-gorge il a caressé mes seins d'une main et l'autre il l'a rentrée dans mon slip, non j'ai dit laisse-moi il a ricané tais-toi tu es venue pour ça, je me suis débattue je l'ai mordu il m'a jetée par terre, c'était sordide je suis partie en courant sans me retourner c'était bien fait pour moi, il avait raison j'étais ridicule si j'étais retournée le voir c'était pour quoi sinon pour me faire sauter.

Les jours suivants j'étais triste mais ce n'était pas à cause de la musique et grand-maman le savait, tu exagères elle disait on ne tombe pas amoureux si vite en l'espace d'une nuit vraiment je ne comprends pas de mon temps ce n'était pas comme ça, remarque c'est vrai que la première fois que j'ai vu ton grand-père j'ai eu le coup de foudre il faut dire qu'il était si beau grand blond le type aryen et si bien habillé c'était un vrai gentleman, mais enfin c'était sérieux, la nuit où je suis rentrée chez moi à deux heures du matin quand mes parents m'attendaient dans le salon pour me sermonner je leur ai dit je vais me marier ça leur a coupé le sifflet, mais ton Sebastian tu ne vas pas l'épouser il y a même peu de chances que tu le revoies tu dois apprendre à te raisonner. Le lendemain après-midi j'ai repris le bus et je suis descendue près de la voie ferrée, il était parti pour Berlin je le savais mais je voulais revoir la maison, il n'y avait plus d'autre endroit à Salzbourg où je voulais aller, j'ai sonné à la porte et le jeune homme blond est venu m'ouvrir, Wolfgang est à Berlin il a dit, je sais est-ce que je peux entrer, il m'a offert un thé, je lui ai demandé ce qu'il faisait il était chef d'orchestre c'était lui l'ancien assistant de Karajan et il m'a parlé de son maître qui lui aussi avait résidé dans cette maison où Mahler avait vécu autrefois. Je me suis allongée sur le lit et j'ai fermé les yeux tout en l'écoutant parler, puis il s'est tu il a mis un disque sur une chaîne avec un son excellent c'était le concerto numéro 2 pour piano de Brahms une musique que j'adorais, soudain j'ai senti une langue qui frôlait mes lèvres et les entrouvrait, une main qui caressait mon cou et se glissait sous mon tee-shirt, je me suis laissé faire en gardant les yeux clos, Du bist schön il a dit, ce n'était pas la voix de Sebastian j'ai ouvert les yeux il avait le visage tout près du mien des cheveux blonds un bouton sur le menton les lèvres entrouvertes les yeux fixés sur moi qui louchaient il me dégoûtait je l'ai repoussé et je me suis enfuie. Le lendemain matin quand j'ai ouvert les yeux grand-maman s'est assise au bord de mon lit elle m'a dit ma cocotte lève-toi je t'emmène dans un beau magasin pour t'acheter un ensemble autrichien pour l'hiver, je savais qu'elle disait ça pour me consoler du départ de Sebastian et si j'avais refusé je l'aurais vraiment rendue triste et puis c'est vrai que j'avais envie d'une jupe et d'une veste tyrolienne comme j'en avais vu dans les vitrines de Salzbourg alors j'ai accepté, et quand on est sorties du magasin avec le grand sac qui contenait la jupe la veste et le chemisier qui avaient coûté un prix exorbitant, grand-maman a dit tu vas être vraiment jolie cet hiver je suis bien contente ce bleu te va si bien tu vas enfin être bien habillée, elle était rayonnante elle avait retrouvé toute son énergie et quand on est rentrées à Paris elle a dit à papa et maman c'était un magnifique voyage réussi à tout point de vue la qualité de l'hôtel des concerts des restaurants cinq étoiles et Marie et moi on s'est très bien entendues n'est-ce pas ma chérie et j'ai dit oui.

Deux jours après je suis partie pour Vienne et tous les soirs à Vienne pendant la première semaine j'ai mangé un bouillon mit Ei avec beaucoup de pain qui gonflait mon estomac comme une éponge mais quand même la nuit dans mon lit je sentais la faim j'avais du mal à m'endormir même si je lisais le plus tard possible pour me réveiller le plus tard possible et rendre la journée la plus courte possible. Au bout d'une semaine je n'en pouvais plus d'être seule toujours toute seule et de n'avoir personne à qui parler personne qui me regardait quand je marchais dans les rues une fille de vingt ans française en vacances en robe blanche les lèvres peintes en rouge et les yeux maquillés. C'est moi qui avais tant insisté pour partir seule à Vienne seule pour un mois dans une grande ville d'Europe la capitale de la musique, Vienne et pas une autre ville parce que l'allemand était la seule langue que je parlais je voulais quand même pouvoir communiquer avec les habitants et Berlin ou Munich c'étaient des villes où je ne voulais pas aller, même si j'apprenais l'allemand je n'aimais pas l'Allemagne et surtout pas les Allemands ils étaient lourds trop blonds et trop disciplinés. Mais l'Autriche c'était différent, d'abord c'était le pays où maman passait ses vacances quand elle était petite et puis c'était le pays de Mozart, et quand j'avais pris le train pour Vienne deux jours après le retour de Salzbourg j'étais si contente si excitée certaine que de grandes aventures m'attendaient, j'allais être pendant un mois toute seule dans une grande ville libre de rencontrer qui je voulais et de découvrir la ville sans grand-maman pour me surveiller sans papa et maman pour s'occuper de ma santé, sans amie, seule, seule dans une ville où je ne connaissais personne, il y avait dans ce voyage une nouveauté qui me remplissait de joie et de l'excitation des grandes aventures. Tout avait été si facile au début j'étais arrivée un matin après le voyage par le train de nuit j'avais trouvé le bus sans problème qui devait me conduire dans le quartier de la ville près du centre où se trouvait le foyer, on m'avait donné la clef de ma chambre c'était une adorable petite pièce qui ressemblait à une cellule de moine toute blanche avec des murs blancs sans rien dessus des rideaux blancs un lit de métal blanc des draps blancs avec une couette blanche et un bureau blanc, c'était d'une blancheur et d'une propreté éclatante et j'avais commencé par ranger proprement mes affaires dans les tiroirs blancs du placard, puis j'étais trop excitée pour me reposer malgré la mauvaise nuit dans le train alors j'étais partie tout de suite explorer la ville, cette ville qui m'attendait pour de grandes aventures.

Il y avait beaucoup de gens dans les rues je les regardais il faisait beau j'avais mis des lunettes de soleil un chapeau de paille je me sentais si jolie et j'étais si heureuse, je souriais aux gens et parfois ils me répondaient par un petit signe de tête Grüss Gott on voyait bien que Vienne c'était une ville vraiment civilisée, pas plus que Salzbourg mais Salzbourg c'était différent c'était une ville internationale à cause du festival alors que Vienne était une vraie ville autrichienne les dames dans les rues étaient d'une élégance autrichienne et les messieurs portaient des chapeaux. C'était une belle journée j'étais bien contente même si j'ai vite fait le tour du centre de la ville c'est drôle j'aurais cru qu'il y avait une vieille ville beaucoup plus étendue avec des ruelles entrelacées grimpant sur des collines mais en fait il y avait seulement quelques rues piétonnes et commerçantes entre l'opéra et la Stefanskirche et le reste de Vienne c'étaient de grandes avenues bordées d'arbres et de monuments. À quatre heures j'avais fini de visiter la ville j'avais fait le tour du Ring alors je suis allée au Kunsthistorisches Museum, c'était un musée vraiment extraordinaire avec des quantités de primitifs flamands et de tableaux de Rembrandt, il y avait un vieux philosophe qui m'a fait rêver je suis restée longtemps à le regarder c'est souvent dans les musées devant les tableaux qu'on fait des rencontres mais là personne ne m'a parlé. Vienne m'a beaucoup plu le premier jour j'étais très contente j'aurais aimé le dire à quelqu'un c'est long toute une journée sans parler à personne, surtout le soir au moment du dîner, j'ai trouvé une petite table avec une nappe à carreaux rouges et blancs dans un petit restaurant calme et là en mangeant un bouillon mit Ei c'était ce qu'il y avait de moins cher sur le menu et dedans il y avait un œuf ça devait donc nourrir un peu j'ai écrit une lettre à Claire c'était une manière de me sentir moins seule. Le lendemain je me suis réveillée de bonne humeur j'avais le projet de visiter le château de Schönbrunn dans mon guide on disait que c'était le petit Versailles de Vienne, tous les jeudis à quatre heures on jouait un concert dans le salon d'été du château de Schönbrunn et justement ce jour-là c'était un jeudi. Oui c'était vraiment une belle journée j'ai aimé le parc du château de Schönbrunn où je suis allée lire un roman à l'ombre des arbres, et les murs jaunes du château me plaisaient même s'ils n'avaient rien à voir avec Versailles, il y avait des enfants qui couraient dans le jardin des familles et des groupes d'amis mais aucune personne seule comme moi j'étais la seule à voyager seule la seule assez indépendante ça me donnait un air grave réfléchi un charme un peu mélancolique mais personne ne semble l'avoir remarqué parce que personne ne m'a parlé, puis à quatre heures j'ai entendu le concert c'était beau et quand je suis sortie dans le parc à la fin du concert j'avais la même tristesse rêveuse qu'à Salzbourg, la différence c'était que grand-maman me manquait... C'est le troisième jour que ça a commencé, quand je me suis réveillée j'ai refermé les yeux pour dormir un peu plus longtemps en pensant je suis à Vienne qu'est-ce que je vais faire aujourd'hui, j'avais déjà vu tous les sites que mon guide indiquait sauf les appartements de l'empereur François-Joseph et de l'impératrice Elisabeth mais ça ne m'intéressait pas beaucoup, ça sera long un mois toute seule à Vienne au lieu d'être en Bretagne comme tous les autres étés avec Anne Martin David papa et maman, à faire des randonnées sur les chemins côtiers à lire dans les dunes, les yeux fermés je pouvais presque sentir l'odeur des pins voir la lumière des ajoncs et des bruyères en fin d'après-midi. J'ai passé la journée à me promener dans les rues mais ce n'était plus comme le premier jour c'était comme un chasseur, je regardais les gens je les dévisageais je voulais qu'ils me remarquent une fille de vingt ans une Française en vacances en robe fuchsia les lèvres peintes en rose, mais les gens qui se promenaient dans la rue c'étaient des couples ou des vieilles personnes, il n'y avait pas de jeune Autrichien élégant solitaire à qui j'aurais souri et qui m'aurait souri. J'en ai remarqué un seul dans tout l'après-midi, un homme habillé d'un costume sombre avec un attaché-case et je l'ai suivi, quand il s'est arrêté à un feu rouge je me suis approchée j'ai demandé en allemand quelle heure est-il s'il vous plaît, il m'a répondu poliment puis il a traversé, j'ai marché à ses côtés je lui ai demandé s'il était de Vienne il a dit oui j'ai dit c'est merveilleux c'est la première fois que je rencontre un Viennois depuis que je suis à Vienne, il a dit ce n'est pas étonnant c'est le mois d'août les Viennois sont tous en vacances la ville est aux touristes, et soudain avant que j'aie eu le temps de répondre il a regardé sa montre il m'a dit au revoir il a traversé encore et il a marché sur l'autre trottoir d'un pas rapide, c'était évident qu'il avait fait ça juste pour m'éviter pour se débarrasser de moi, il ne m'avait même pas regardée il avait traversé la rue il était parti, c'est à ce moment-là je crois que j'ai commencé à détester Vienne une ville lourde monumentale froide inhospitalière et vraiment allemande même si elle était autrichienne. Le soir quand j'ai mangé mon bouillon mit Ei je n'ai pas continué ma lettre à Claire je n'avais pas l'énergie d'écrire, et quand je suis rentrée dans la cellule blanche si propre et aseptisée je me suis jetée sur le lit blanc j'ai enfoui ma tête dans l'oreiller blanc j'ai mordu dans la couette blanche et je me suis mise à pleurer. De jour en jour c'est devenu pire dans un café j'ai rencontré deux Égyptiens au teint mat aux cheveux noirs c'est évident qu'ils étaient plus gentils que les Autrichiens je les ai abordés ils avaient une bourse pour apprendre l'allemand à Vienne ils aimaient la ville mais ils trouvaient les gens racistes j'étais la première femme blonde qui leur parlait ils m'en ont remerciée, et moi je leur ai dit que j'étais une étrangère aussi et que je détestais cette ville j'étais toute seule je n'avais parlé à personne depuis cinq jours, au début ils hochaient la tête ils approuvaient ils avaient la même expérience, mais quand j'ai commencé à parler d'Arthur du cadavre sur le lit et que je leur ai demandé de ne pas me quitter, ils se sont levés ils avaient un rendez-vous urgent ils sont partis presque en courant. Le jour suivant c'était le sixième seulement le sixième la première semaine n'était même pas achevée il y avait encore trois autres semaines entières qui devaient suivre je ne tiendrais jamais jusque-là mais si je rentrais à Paris papa et maman ne me prendraient plus au sérieux parce que j'avais tant insisté pour aller à Vienne et papa m'avait loué cette jolie petite chambre qui coûtait très cher et il avait aussi payé le billet de train, non c'était impossible de rentrer à Paris ils diraient que j'étais instable déséquilibrée malade et ils m'obligeraient encore à voir un psychanalyste ou peut-être même qu'ils me renverraient à l'hôpital, il fallait tenir encore trois semaines il fallait que je trouve des ruses des moyens de vivre pour ne pas devenir folle, ce jour-là, je me suis levée à midi groggy comme si j'avais pris des somnifères j'ai bu mon café dans ma chambre je me suis habillée je suis sortie de ma chambre comme une somnambule je suis retournée au musée, au moins quand je regardais les tableaux les gens n'avaient pas l'impression que je leur courais après ils ne s'enfuyaient pas comme si j'étais folle, je regardais le tableau du philosophe il avait l'air si sage si grave doux et méditatif si j'avais eu un grand-père j'aurais voulu qu'il lui ressemble, et quand je suis sortie du musée à quatre heures la lumière du soleil m'a éblouie il faisait vraiment beau à Vienne cet été-là mais ça n'avait aucune importance j'aurais autant aimé la pluie, c'était comme si le tableau m'avait hypnotisée ou si je ne m'étais pas réveillée je marchais dans la rue comme une somnambule, et tout à coup un monsieur marchait près de moi, il m'a demandé si j'avais aimé le musée et j'ai dit oui j'ai parlé du philosophe de Rembrandt si grave et si humain que j'avais l'impression de le connaître, l'homme m'écoutait parler en hochant la tête en clignant des yeux à cause du soleil il avait des petits yeux noirs vifs avec un air intelligent, il me faisait penser à mon prof de philo à Paris qui était obèse et si intelligent et cet homme aussi il était très gros, c'était la première fois depuis six jours que quelqu'un me posait une question et m'écoutait parler. On a bavardé longtemps en marchant dans l'avenue vers les jardins du Rathaus, et quand je suis entrée dans le parc il m'a accompagnée, il m'a demandé ce que je faisais à Vienne je suis en vacances j'ai dit, avec des amis il a demandé non toute seule j'ai répondu toute seule, toute seule vraiment il a répété il était étonné toute seule toute seule j'ai dit sans personne à qui parler en six jours je n'ai rencontré personne c'est comme si je n'existais pas je ne peux plus supporter. Il m'a proposé de l'accompagner chez lui il avait une belle surprise il a dit pour les filles comme moi étrangères à Vienne et toutes seules sans personne à qui parler je l'ai regardé un peu étonnée et tout à coup j'ai commencé à me méfier, j'ai répondu en allemand non excusez-moi je ne peux pas, pourquoi donc il a dit puisque tu n'as rien à faire tu viens de le dire toi-même, j'ai remarqué qu'il me tutoyait alors que moi je le vouvoyais c'était désagréable un signe de manque de respect ou alors il me prenait pour une petite fille, d'une voix ferme j'ai répliqué non merci je n'ai pas envie Ich habe keine Lust. Keine Lust il a dit, et il a ricané, son ricanement était épouvantable, pas d'envie, comment tu peux savoir, moi je connais des trucs pour éveiller l'envie viens avec moi l'envie tu vas l'avoir je peux te le jurer, l'envie vient en mangeant tu vas aimer ça tu vas voir, moi je n'ai rien répondu j'ai évité de le regarder je me suis mise à courir, j'ai couru le plus vite possible jusqu'à la fontaine au cœur du jardin, sur les bords de la fontaine il y avait plein de gens assis, dans la foule j'étais en sécurité, au milieu de tout ce monde le type ne pouvait rien me faire d'ailleurs je l'avais semé, j'ai pris une chaise en fer et je l'ai tirée au bord du bassin je me suis assise j'ai posé mes pieds sur le bord de pierre mon cœur battait à toute allure et je transpirais, je me suis penchée je me suis aspergée au jet d'eau qui coulait de la fontaine, et quand je me suis redressée il y avait une autre chaise tout à côté de la mienne, et sur cette chaise il y avait le gros type, il me regardait de ses petits yeux vifs qui n'étaient pas intelligents mais fous et sadiques je l'ai compris tout à coup, c'étaient des yeux d'obsédé sexuel, il avait un demi-sourire qui tordait son visage bouffi et des mèches grasses qui tombaient sur son front, tu voulais m'échapper il a dit mais toi et moi on doit encore passer beaucoup de temps ensemble tu ne vas pas t'ennuyer je te jure, mon cœur battait si fort au milieu de la foule rien ne pouvait m'arriver j'ai fait comme si je n'entendais rien sans le regarder j'ai écarté ma chaise et j'ai sorti mon livre de mon sac, il a rapproché sa chaise il a dit tu veux savoir ce que j'ai dans la poche de ma veste il a répété sa question quatre fois je n'ai pas répondu mais je n'ai pas pu m'empêcher de jeter un coup d'œil il avait ouvert sa veste et dans la poche intérieure j'ai vu la crosse d'un revolver, ça t'excite ça il a dit je le vois dans tes yeux, tu sais où je vais le mettre mon revolver mais oui tu le sais d'envie tu en mouilles, j'ai ouvert le livre à la page qui était cornée et j'ai commencé à lire pendant qu'il continuait à dire des choses obscènes, tu n'arrives pas à lire il a dit ça fait dix minutes que tu recommences à lire la même phrase tu ne peux pas te concentrer parce que tu m'écoutes tu as peur et ça t'excite tu as envie de venir avec moi, Du hast Lust, et ses mots rentraient dans ma tête rentraient sous ma peau s'infiltraient dans ma chair me faisaient frissonner au centre de mon corps c'était vrai je ne pouvais pas lire depuis dix minutes je lisais la même phrase sans comprendre ce qu'elle voulait dire cet obsédé avait le pouvoir de voir dans ma tête, je lui avais dit que j'étais toute seule à Vienne que je ne connaissais personne que je m'appelais Marie heureusement je ne lui avais pas dit où j'habitais il ne fallait surtout pas qu'il me suive jusque chez moi, je me suis forcée à rester les yeux baissés sur mon livre et lentement à tourner les pages pendant plus d'une heure deux peut-être sans comprendre un mot de ce que je lisais, et soudain j'ai senti un mouvement, j'ai levé les yeux il venait de se lever il s'éloignait dans l'allée il me laissait tomber j'avais gagné la partie, et j'ai pleuré.

C'est trois jours après que j'ai rencontré Walter dans une petite cave que j'avais découverte dans une ruelle derrière la Stefanskirche, avant d'entrer j'avais vérifié le menu on servait aussi du bouillon mit Ei heureusement parce que la veille j'avais essayé pour changer de manger un goulasch ça aussi ce n'était pas cher, mais mon estomac habitué au bouillon n'avait pas supporté et j'avais tout vomi j'avais éclaboussé de goulasch rouge la jolie salle de bains blanche à côté de ma chambre. Quand je suis entrée je l'ai tout de suite remarqué un bel homme blond si élégant c'est ça que j'ai remarqué surtout son costume prince-de-galles gris clair la veste croisée la chemise blanche impeccable et la jolie cravate gris foncé à motifs bleu clair comme ses yeux, il était seul à sa table assis seul devant un verre de vin blanc il ne mangeait pas il buvait un verre dans une petite cave à Vienne un soir du mois d'août à huit heures, je n'ai pas pensé que c'était un étranger mais un Viennois j'en étais sûre un Viennois qui avait peut-être un chagrin d'amour un Viennois mélancolique, quand je me suis assise à une table pas très loin il a levé les yeux il a vu que je le regardais et il m'a souri, c'était la première fois qu'un homme à Vienne me souriait et celui-là il n'avait rien à voir avec le maniaque sexuel il ressemblait à ces hommes élégants que je voyais le soir avec ma grand-mère dans les restaurants de Salzbourg cinq étoiles, les mots sont tout de suite venus à mes lèvres j'ai demandé vous allez souvent boire du vin tout seul le soir à Vienne, il a souri il a pris son verre il est venu s'asseoir à ma table il avait pris ma question pour une invitation.

Quand je me suis réveillée à onze heures dans le petit lit blanc de ma petite cellule blanche j'avais une migraine incroyable ça faisait bong-bong dans ma tête c'était vraiment pénible mais quand même j'étais bien contente, la gueule de bois je me suis dit j'ai la gueule de bois ce n'est pas étonnant il m'a fait boire au moins cinq verres de vins tous différents des vins que c'était un crime de ne pas connaître quand on venait à Vienne, au début j'avais dit non je ne bois pas je n'aime pas le vin je ne pouvais pas lui dire que je n'avais pas assez d'argent, mais il avait dit j'insiste vous ne pouvez pas refuser vous insultez mon pays c'était clair qu'il m'invitait alors j'ai accepté, et avec le vin il m'a fait goûter des spécialités culinaires merveilleuses qui avaient beaucoup plus de goût que le bouillon mit Ei et qui ne m'ont pas fait vomir comme le goulasch, il s'appelle Walter il est blond il a des yeux bleus c'est un homme que j'ai rencontré hier soir un Viennois un vrai, ce qui était bizarre c'était que je me rappelais ses cheveux blonds bien peignés sa voix son costume prince-de-galles sa veste croisée la poche intérieure où il y avait son portefeuille sa chemise blanche sa cravate bien nouée mais son visage pas du tout je ne pouvais pas me rappeler les traits de son visage. C'était une soirée magique j'arrivais à peine à croire que ça s'était passé quelque chose enfin m'était arrivé une aventure à Vienne une rencontre avec un Viennois il ne fallait jamais désespérer la providence m'avait envoyée dans le seul endroit de Vienne où il y avait un Viennois solitaire, et ce n'était pas n'importe quel Viennois il était beau j'en étais sûre même si je ne me rappelais pas son visage c'était un vrai gentleman il avait sorti son portefeuille avec discrétion quand la note était arrivée sur la table il avait tendu sa carte Golden American Express au serveur, puis il avait sorti un stylo Montblanc de la poche intérieure de sa veste et il avait signé le reçu exactement comme faisaient les hommes élégants dans les restaurants de luxe de Salzbourg pendant que leurs femmes se remettaient du rouge à lèvres. C'était un gentleman un vrai dans la rue je m'étais appuyée sur lui et il m'avait aidée à marcher droit il m'avait raccompagnée au foyer dans sa belle voiture beige il avait attendu dans la rue pendant que je tournais la clef dans la serrure pour s'assurer qu'il ne m'arrivait rien et que je rentrais en sécurité et pas un seul moment il ne m'avait demandé s'il pouvait monter dans ma chambre avec moi, ça m'avait surprise d'autant plus que j'étais ivre je me sentais si bien avec lui je n'aurais jamais refusé je n'avais pas envie qu'il s'en aille, non il ne m'avait pas prise pour ce que je n'étais pas une fille qui cherchait l'aventure il m'avait respectée, j'étais vraiment étonnée il n'y avait que Vienne en Europe où on pouvait rencontrer un homme seul dans une cave le soir qui vous offrait à boire et vous laissait ensuite rentrer seule dans votre chambre et il n'y avait que moi pour le rencontrer. Il m'avait donné rendez-vous au café Hawelka une semaine plus tard quand il serait rentré d'un voyage d'affaires, la semaine est passée vite je n'avais plus d'angoisse j'avais la perspective d'un rendez-vous à Vienne, à cinq heures et demie la semaine suivante j'étais au café Hawelka je buvais un café mit Schlag je me demandais s'il allait venir j'en étais presque entièrement sûre, et quand il est arrivé à six heures pile il y a eu le même sourire sur nos deux visages, ma mémoire ne m'avait pas trompée c'était un bel homme vraiment on aurait dit Robert Redford même s'il commençait à perdre ses cheveux. Ce soir-là au restaurant c'est lui qui a été surpris, j'ai remarqué l'alliance sur l'annulaire de la main gauche je lui ai demandé vous êtes marié ? il a souri il a dit oui j'ai une femme et deux enfants Elisabeth et Wolfgang, au lieu de m'attrister ça m'a fait vraiment plaisir d'apprendre qu'il était marié qu'il était papa je ne sais pas pourquoi ça m'a rassurée, et quand j'ai appris qu'il devait repartir en voyage d'affaires le lendemain cette fois c'était seulement pour deux jours je lui ai dit je veux partir avec vous, j'ai vu sur son visage qu'il était vraiment étonné il a hésité il a dit je n'y vais pas pour m'amuser je dois partir à cinq heures du matin il fait encore nuit à cinq heures, mais j'ai insisté je voulais partir avec lui je savais qu'il ne pouvait pas dire non, quand une fille de vingt ans veut partir pour deux jours avec un homme de quarante c'est une offre qu'il ne peut pas refuser.

Le lendemain matin à cinq heures j'étais prête j'avais choisi une petite robe d'été légère bleu turquoise je suis descendue dans la rue où Walter m'attendait déjà dans sa BMW, au lieu de suivre l'autoroute il m'a emmenée à Graz par la route touristique qui serpente dans les montagnes le long des torrents le soleil se levait et c'était si joli, il a mis une cassette de Vivaldi les concertos pour hautbois une musique dansante et joyeuse c'était vraiment un beau voyage, j'avais enlevé mes sandales et posé mes pieds nus sur le tableau de bord, je pouvais faire tout ce que je voulais Walter était heureux ça se voyait sur son visage il avait un sourire éclatant, je battais le rythme de la musique avec mes pieds nus sur le tableau de bord j'étais en train d'avoir une aventure avec un homme d'affaires.

Il a été encore plus surpris le soir dans l'hôtel magnifique où il m'a emmenée perché sur les montagnes avec une vue sur un lac autrichien, un hôtel tout comme celui où maman passait ses vacances quand elle était petite et qu'elle m'avait décrit sauf que celui-là était très moderne, il a réservé une chambre pour Monsieur et Madame Zimmermann il m'a emmenée dans la chambre il m'a allongée sur le lit d'où on avait une vue sur le lac et les montagnes il y avait de la brume c'était un paysage sublime, j'étais avec un étranger dans une chambre d'hôtel dans une ville étrangère et je n'avais pas du tout peur, je l'ai arrêté attends j'ai quelque chose à te dire, avec Walter c'était tellement facile d'être moi je n'avais pas besoin de faire semblant de prétendre Walter m'avait dit ce qu'il aimait en moi c'était que je lui rappelais sa petite fille, mais quand même il a été vraiment surpris quand je lui ai dit voilà je n'ai jamais fait l'amour je suis vierge, il a ouvert de grands yeux il a répété Jungfrau comme si je me trompais sur le sens du mot. Il était ému, parce que j'étais vierge je ressemblais encore plus à sa petite fille qui s'appelait Elisabeth et qui était née le même jour que moi quinze ans plus tard une coïncidence symbolique, il m'a caressé doucement le visage il m'a demandé si je voulais et j'ai dit oui, il m'a déshabillée, il s'est allongé sur moi entre mes jambes écartées et quand il a essayé de rentrer en moi je n'ai pas pu retenir un cri, aussitôt il s'est arrêté il m'a demandé si ça me faisait mal et j'ai dit oui, il a embrassé mes lèvres il a dit Marie ma petite je ne veux pas te faire mal il faut attendre que tu n'aies pas peur et que tu aies envie.

Le lendemain pendant qu'il travaillait à ses affaires je me suis promenée toute seule dans les rues de Graz, les gens me regardaient une fille de vingt ans toute seule en robe turquoise les yeux maquillés de bleu, j'étais rayonnante je le savais, je n'étais plus seulement une Française en vacances mais la maîtresse d'un homme d'affaires autrichien, dans un jardin sous des tonnelles j'ai pris mon bloc et j'ai écrit une lettre à Claire, j'ai raconté Vienne la rencontre dans la cave le voyage en voiture Vivaldi l'hôtel accroché à la montagne l'aventure romantique et quand j'ai relu on aurait cru qu'il s'agissait d'une vraie aventure, même moi je finissais par m'y tromper et je me demandais si dans le sommeil ça ne s'était pas passé. À Vienne ce soir-là on a joué au mari et à la femme on a inventé une fausse conversation comme si on vivait ensemble depuis dix ans une fausse dispute c'était très amusant et on a beaucoup ri, Walter a dit qu'il aimait jouer avec moi et moi aussi ça me plaisait ça faisait si longtemps depuis Didier que je n'avais pas joué comme ça avec un homme, et pendant toute la semaine qu'il a passée à la campagne avec sa femme et ses enfants j'ai attendu son retour, Vienne n'était plus triste sinistre et monumentale c'était une grande ville pleine de fleurs de musique d'images de rencontres fortuites de découvertes. Le lundi à six heures j'ai couru au café Hawelka, c'était drôle à nouveau je ne pouvais pas me rappeler le visage de Walter je voyais à la place celui de Sebastian qui était si différent, mais quand il est arrivé j'étais si contente de le retrouver, on est restés face à face sans se parler sans se toucher on était comme intimidés, Walter a dit j'avais si peur que tu ne viennes pas, il a tendu la main et m'a caressé la joue en me regardant fixement, j'ai compris qu'il était en train de tomber amoureux. Il m'a emmenée dîner au restaurant un des plus beaux restaurants de Vienne et quand il a vu que rien ne me surprenait ni le maître d'hôtel en smoking ni la carafe en argent ni les verres en cristal ni les lambris ni les tentures dorées il a dit Marie tu es une poule de luxe, mais quand il m'a vue dévorer le faisan aux airelles ça faisait une semaine que je n'avais pas mangé un bon dîner il a ri et quand j'ai commandé des Palatschinken an chocolat pour le dessert il a dit tes yeux brillent, tu es gourmande comme ma petite Elisabeth j'aime te voir manger, et on a recommencé à jouer au mari et à la femme c'était un jeu tellement drôle j'étais à la fois sa femme et sa petite fille il était mon père mon mari mon petit frère et ma grand-mère. La nuit à l'hôtel il m'a serrée contre lui on s'est endormis l'un contre l'autre, et le matin quand j'ai ouvert les yeux j'ai vu Walter assis dans le lit qui pleurait. Je lui ai dit pourquoi tu pleures, j'ai tendu le bras et essuyé ses larmes, il a pris mon bras et a fait courir ses lèvres sur ma peau, puis il a dit Marie je crois que je t'aime demain je pars en Pologne pour un voyage d'affaires et quand je rentrerai tu seras à Paris, je n'arrive pas à le croire je ne peux pas imaginer de ne plus te voir. Et moi je l'ai raisonné, comme si j'étais la grande et lui l'enfant, je lui ai dit que c'était une aventure belle et sans lendemain, ma vie était à Paris la sienne à Vienne avec sa femme et ses enfants, Walter m'a serrée très fort dans ses bras, depuis qu'il savait que j'étais vierge il ne m'avait pas touchée comme si j'étais faite d'une matière précieuse qu'il avait peur de briser, il a dit ce n'est pas possible de ne plus te voir, mardi dans dix jours sois au café Hawelka à huit heures je ferai l'impossible pour venir te dire au revoir.

Le mardi à sept heures et demie j'étais au café Hawelka, j'ai commandé un café mit Schlag j'ai pris un journal c'était mon dernier jour à Vienne je savais que Walter ne pourrait pas venir, Cracovie c'était si loin venir pour une seule nuit c'était de la folie, à huit heures j'ai levé les yeux j'ai vu l'horloge et je me suis dit encore cinq minutes et je pars, et soudain il est entré, il portait le costume prince-de-galles du premier jour, il avait un sourire éclatant ses cheveux étaient bien peignés, il avait roulé huit heures pour me voir une dernière fois et il était là à l'heure au café Hawelka, la ponctualité c'est tout le secret des affaires il m'a dit en riant, il m'a prise dans ses bras et nous ne nous sommes pas embrassés sur les lèvres mais serrés l'un contre l'autre tendrement. J'ai une surprise il m'a dit, il m'a emmenée dans sa voiture on a roulé dans la campagne en écoutant le concerto pour hautbois on est arrivés dans un château, c'était un château transformé en hôtel avec des meubles anciens et des tapisseries partout mais aussi tout le confort moderne et une immense baignoire dorée où on s'est plongés ensemble. Il a fait monter un petit souper dans la chambre on a dîné aux chandelles, on ne pouvait plus s'arrêter de parler c'était le dernier soir on savait qu'on n'allait plus se revoir, il m'a parlé de ses enfants sa jolie petite fille qui aimait le rose son petit garçon Wolfgang qui apprenait le violon sa femme Lotte qu'il avait rencontrée quand il était très jeune, sans elle il n'y serait jamais arrivé, il était parti de zéro il n'avait jamais fait d'études il était garçon de courses et savait à peine lire, elle lui avait tout appris elle lui avait fait une telle confiance, à trente ans il avait un poste magnifique de sous-directeur dans l'entreprise où il avait commencé comme garçon de courses quinze ans plus tôt mais il s'ennuyait et ça aussi elle l'avait compris, elle avait accepté qu'il quitte son travail et monte sa propre entreprise d'import-export au risque de devoir manger seulement des patates pendant des années. Et il avait réussi, il y était arrivé à la force des poignets, lui fils d'émigrants polonais qui avait quitté l'école à dix ans pour aider son père à construire leur maison de bois il était maintenant un Autrichien riche qui avait un appartement dans le quartier bourgeois de Vienne et une maison de campagne et qui faisait apprendre le violon à son fils, et dans son sourire il y avait la fierté enfantine d'avoir défié la fortune d'avoir gagné son pari, c'était un beau sourire éternellement jeune. Moi j'ai tout raconté, Arthur la sieste la petite chaussette rouge près des buissons le filet de vomi quand je l'ai ramassé la tête qui est tombée sur l'épaule le camion du Samu ma sœur qui disait ma chair qui ne pleurait pas qui se tenait le ventre l'enterrement la dureté de maman mon envie de mourir, j'ai pleuré il a pleuré avec moi c'était un sentimental Walter un vrai Allemand même s'il était né en Pologne et vivait en Autriche, il a pris ma main et l'a serrée à me faire mal, il a dit tu es forte Marie tu vas y arriver cette force c'est Arthur qui te la donne, il a dit Arthur le nom d'Arthur que je venais de lui livrer et pour la première fois je n'ai pas eu l'impression de trahir Arthur.

Il était tard il était épuisé après une route si longue le bain chaud les paroles et tant d'émotion, on s'est mis au lit, il m'a caressée d'abord puis ses gestes se sont ralentis il me serrait contre lui il était en train de s'endormir, j'ai chuchoté contre sa joue Walter j'aimerais faire l'amour, il a entrouvert les yeux il m'a regardée tendrement il a souri il a répondu qu'il ne sentait pas que j'en avais envie pas encore mon corps n'était pas prêt je ne devais pas le forcer, et il s'est endormi. Le lendemain matin on est allés prendre le petit déjeuner dans la salle à manger magnifique qui donnait sur des jardins à la française aux allées symétriques aux buissons bien coupés, j'étais triste j'avais mal dormi je m'étais réveillée toutes les heures j'évitais de le regarder il m'a demandé ce qu'il y avait, et quand on est remontés dans la chambre je lui ai dit, je l'ai supplié Walter si tu m'aimes je t'en prie ne m'abandonne pas ne me laisse pas repartir sans me faire l'amour, j'ai vingt ans je ne veux plus être vierge aucun homme ne veut de moi je ne serai jamais une femme vingt ans c'est trop grand pour rester petite fille, tu dis que je ne suis pas prête ce n'est pas vrai simplement je ne sais pas j'ai peur c'est pour ça que j'ai l'air de ne pas vouloir mais je veux, je veux tu ne peux pas savoir comme je veux je t'en prie si tu m'aimes fais-moi l'amour. Il a souri il a dit tu es ravissante je t'aime je te désire mais toi Marie tu ne me désires pas c'est ta volonté qui parle et pas ton corps, ça ne se passe pas comme ça Marie l'amour ce n'est pas une question de volonté, je me suis mise à pleurer, j'ai dit jamais je ne serai jamais une femme même pour toi je ne suis qu'une tête sans corps je croyais que tu m'aimais mais tu ne veux pas m'aider, je t'en prie aide-moi aime-moi apprends-moi il suffit de m'apprendre je te fais confiance je t'aime j'ai envie de toi je veux que ça soit toi. Je me suis allongée nue sur le lit et j'ai écarté les jambes, Walter s'est allongé nu sur moi, il m'a caressée il m'a invitée à promener mes mains sur lui à le frôler à le toucher, et lui pendant ce temps il a essayé de rentrer entre mes jambes écartées là où c'était fermé, il faisait des efforts il n'y arrivait pas, il a pris de la salive dans sa bouche il l'a mise sur moi, grâce à la salive il est rentré un peu en moi, il poussait je me mordais les lèvres pour ne pas crier tellement ça faisait mal, ça a duré longtemps il était sur moi il poussait il était à l'intérieur puis un peu plus pendant que je crispais mon poing sur les draps pour m'empêcher de crier, il transpirait je sentais la sueur sur son dos et des gouttes coulaient de son visage sur le mien, j'avais les yeux ouverts fixés sur son visage j'y guettais des signes de plaisir mais j'y voyais seulement la fatigue, moi j'avais mal comme si on m'avait découpé au couteau un morceau de chair vive au centre de mon corps, le pire c'étaient ces mouvements d'aller et de venir qui j'en étais sûre déchiraient ma peau, mais j'étais contente aussi et j'étais fière, il y avait un homme en moi je le sentais oh oui je le sentais j'étais en train de devenir une femme. Puis il a grogné et s'est abattu sur moi, il n'a plus bougé, j'avais terriblement mal et son poids m'écrasait, j'ai demandé est-ce que tu as eu du plaisir est-ce que c'est fini il a répondu oui j'ai eu un orgasme, j'ai ri de joie j'ai dit vraiment on peut jouir en moi comme dans une autre femme tu me promets, est-ce que je suis une femme maintenant, il a souri il a dit Marie c'est merveilleux de te faire l'amour je te promets tu es une vraie femme.

Dans la salle de bains j'ai regardé mon sexe dans le miroir c'était rouge violacé boursouflé le frottement avait fait une ampoule il y avait du sang la peau avait craqué, et quand j'ai fait pipi les larmes me sont montées aux yeux tellement ça a fait mal, et j'arrivais à peine à marcher mais j'étais une femme, j'allais rentrer à Paris et j'étais une femme. L'après-midi Walter m'a emmenée faire du bateau sur un lac près du château, on a loué une petite barque avec des rames et on a canoté sur le lac où il n'y avait personne parce que c'était déjà le début du mois de septembre un jour de semaine, il m'a raconté que c'était sur ce lac autrefois qu'il avait demandé à sa femme de l'épouser, ils avaient fait un petit voyage ensemble il avait dix-sept ans et elle vingt-deux et ils avaient campé sur les bords du lac, c'était la première fois depuis vingt-trois ans qu'il retournait au lac, je l'écoutais je pensais à sa femme Lotte qui s'était trouvée à ma place dans la barque vingt-trois ans plus tôt et qui avait écouté Walter lui dire son amour, Lotte qui avait maintenant quarante-cinq ans tandis que j'en avais vingt. Walter m'a demandé si je voulais ramer il était fatigué il avait des courbatures dans les bras il m'a fait un clin d'œil tu m'as épuisé ce matin tu m'as vidé de toute mon énergie, c'est tuant de te faire l'amour, heureusement que tu pars mon cœur ne tiendrait pas, j'ai souri je savais que c'était une plaisanterie mais quand même je ne la trouvais pas de bon goût, j'ai dit mais c'était bien au moins tu as eu du plaisir ? et il a secoué la tête comme pour dire oh la la, pas exactement, j'ai repris qu'est-ce que tu veux dire tu as eu un orgasme hein toi-même tu l'as dit, il a répondu j'ai fait semblant je l'ai dit pour en finir pour que tu me libères je n'en pouvais plus c'était plus fatigant que l'aérobic j'ai dû maigrir au moins de cinq kilos, il plaisantait encore ses yeux riaient il trouvait drôle de me charrier mais c'était un demi-mensonge une demi-vérité je me rappelais la sueur sur son dos la sueur coulant de son visage et l'absence de plaisir dans ses yeux, j'ai dit lentement tu as fait semblant tu veux dire que tu n'as pas eu d'orgasme, tu es venu en moi et tu n'as pas pu jouir, il a répondu c'était impossible de jouir dans ces conditions tu sais Marie l'amour ce n'est pas un exercice olympique tu comprendras le jour où tu seras amoureuse, tu étais comme un morceau de bois tu n'avais pas envie de moi je n'ai pas un tempérament de violeur excuse-moi, cette fois-ci il était sérieux ses yeux ne riaient plus il ne me charriait plus j'avais envie de pleurer je me suis dressée dans la barque qui s'est mise à tanguer, assieds-toi Walter a crié tu vas nous faire chavirer, il a vu que j'allais me jeter à l'eau il s'est brusquement levé pour me retenir c'est lui qui est tombé. J'ai pensé à Arthur dans le petit bassin Arthur que j'avais livré à Walter j'ai pensé à Lotte qui l'avait aimé qui l'aimait encore j'ai pensé à Wolfgang le petit garçon qui jouait du violon à David à Sebastian à Elisabeth la petite fille née le même jour que moi j'ai pensé à Didier, j'avais la rame dans la main et quand Walter a tendu le bras pour l'attraper d'un coup de rame j'ai éloigné la barque, Walter toussait crachait remuait comme un petit chien aide-moi Marie il a crié, Marie bitte Hilfe je ne sais pas nager, et moi j'ai mis mes mains sur mes oreilles et j'ai tourné la tête je voulais qu'il s'en aille, ne plus voir ses cheveux mouillés luisant sur son crâne ne plus le voir en face de moi rire et me dire qu'il avait fait semblant et se moquer de moi et me traiter de bout de bois, Marie komm hier Marie bitte il a craché toussé fait splash avec ses bras puis il y a eu moins de bruit et puis plus rien, et quand j'ai regardé je l'ai vu doucement couler la face dans l'eau il ne bougeait plus les remous se calmaient. J'ai fait chavirer la barque en me balançant debout, j'ai nagé jusqu'au rivage, heureusement j'avais pris mon sac avec moi dans la barque au lieu de le laisser dans la voiture, je grelottais de froid j'ai couru tout autour du lac j'ai couru sur la route au soleil le vent le soleil ont séché mes habits. Sur la route j'ai trouvé l'arrêt d'un bus qui m'a conduite jusqu'à Vienne à Vienne je suis allée chercher ma valise dans ma petite chambre blanche j'ai pris un taxi pour la gare, j'avais une réservation-couchette pour le train de neuf heures huit pour Paris, à neuf heures huit à la gare de Vienne le train s'est ébranlé personne n'est venu me chercher dans mon compartiment on ne m'a pas arrêtée. Partout où Walter m'avait emmenée il m'avait cachée il me disait de ne pas me montrer il devait protéger sa réputation il était un homme d'affaires autrichien marié qui voyageait avec une Française de vingt ans, peut-être qu'on nous avait vus ensemble mais personne ne savait mon nom personne ne m'avait entendue parler personne ne savait que j'étais française. Et même si on m'avait retrouvée si on m'avait arrêtée après tout ce n'était pas ma faute c'était un accident il avait voulu me faire l'amour dans la barque comme il avait fait à sa femme vingt-trois ans plus tôt, la barque avait chaviré il s'était noyé ce n'était pas ma faute s'il ne savait pas nager, je n'avais rien pu faire j'avais pris peur je m'étais enfuie, c'était un mouvement instinctif naturel pour lequel on pouvait me blâmer non me punir j'étais sa maîtresse ç'aurait été si horrible pour sa femme et ses enfants d'apprendre qu'il était mort en train de faire l'amour dans une barque avec une fille de vingt ans.

À Paris quand j'ai revu Sophie mon amie d'enfance je lui ai raconté mon aventure à Salzbourg avec un Autrichien de trente ans qui s'appelait Sebastian que j'ai rencontré dans un café au bord de la rivière un jour où je lisais Sade, j'ai changé un peu l'histoire et je lui ai dit que c'était dans la maison où Mahler avait habité et où on entendait passer les trains que j'étais devenue une femme, elle m'écoutait attentivement, elle a demandé c'est comment est-ce que ça fait mal, j'ai dit un peu sur le moment mais seulement la première fois, elle était impressionnée, elle a dit que peut-être alors elle aussi elle n'attendrait pas le grand amour parce qu'elle risquait de rester vierge toute sa vie, en tout cas c'était une belle histoire et je devrais l'écrire.

DU MÊME AUTEUR

Aux Éditions Gallimard

LA BLOUSE ROUMAINE, *roman.*
EN TOUTE INNOCENCE, *roman* (« Folio », *nº 3502*).
À VOUS, *roman.*
JOUIR, *roman* (Folio, *nº 3271*).
LE PROBLÈME AVEC JANE, *roman* (« Folio », *nº 3501*).
LA HAINE DE LA FAMILLE, *roman* (« Folio », *nº 3725*).

Composition Nord Compo.
Impression Bussière à Saint-Amand (Cher),
le 6 janvier 2003.
Dépôt légal : janvier 2003.
1er dépôt légal dans la collection : mars 2001.
Numéro d'imprimeur : 30112.
ISBN 2-07-041706-9./Imprimé en France.

122517